SV

Er gilt als *der* Chronist deutsch-deutscher Verhältnisse, als präziser Sezierer einer einst geteilten Nation, die noch immer nicht richtig zusammengefunden hat – und als fulminanter Geschichtenerzähler. Bestsellerautor Christoph Hein, der bislang vorrangig die Geschichten anderer erzählt hat, erzählt hier von seinen persönlichen Erlebnissen, von Zensur und Reise(un)freiheit – und schließlich davon, wie all das Geschichte wurde.

Christoph Hein, geboren 1944 in Heinzendorf/Schlesien, aufgewachsen in Bad Düben bei Leipzig, lebt als freier Schriftsteller in Berlin. Er wurde mit zahlreichen Preisen ausgezeichnet.

Zuletzt erschienen: *Verwirrnis*. Roman, 2018

Christoph Hein

GEGEN-LAUSCHANGRIFF

Anekdoten aus dem letzten deutsch-deutschen Kriege

Suhrkamp

suhrkamp taschenbuch 4993
Erste Auflage 2019

Umschlaggestaltung: Rothfos & Gabler, Hamburg
Druck und Bindung: CPI – Ebner & Spiegel, Ulm
Printed in Germany
ISBN 978-3-518-46993-4

GEGEN-
LAUSCHANGRIFF

NACH MOSKAU, NACH MOSKAU!

Anfang der 80er Jahre des vergangenen Jahrhunderts, gegen Ende des letzten deutsch-deutschen Krieges, der seinerzeit als *kalter* geführt wurde, erhielt das Ensemble des Maxim Gorki Theaters in Ostberlin vom Düsseldorfer Intendanten die Einladung, mit seiner gerühmten Aufführung der *Drei Schwestern* von Anton Tschechow im Düsseldorfer Schauspielhaus zu gastieren, also mit jenem Stück, in dem die Schwestern Olga, Mascha und Irina in einer provinziellen Gouvernementsstadt verkümmern und lebenslang davon träumen, nach Moskau zu reisen. »Nach Moskau, nach Moskau!«

Es wurden drei Aufführungen innerhalb von vier Tagen vereinbart, der dritte Abend sollte spielfrei bleiben.

Ein Jahr nach diesem Gastspiel hatte eines meiner Stücke eine Uraufführung am Düsseldorfer Schauspielhaus, und meine Obrigkeit gestattete mir diesmal überraschend, das Land zu verlassen und nach Düsseldorf zur Premiere zu fahren. Bei einem Essen mit dem Chefdramaturgen des Theaters berichtete dieser von dem vorjährigen Gastspiel der *Drei Schwestern*, die Aufführung sei ein großer Erfolg gewesen. Am allerersten Tag, eine Stunde nach Ankunft der Ostberliner Schauspieler, sei die Darstellerin von Olga, der ältesten Schwester, in seinem Büro erschienen und habe ihn unter vier Augen gefragt, ob es eine Möglichkeit gebe, an dem dritten, dem spielfreien Tag nach Paris zu fahren, ohne an der Grenze einen Pass vorweisen zu müssen.

An der Grenze zwischen Frankreich und der Bundesrepublik gab es zu jener Zeit noch immer, wenn auch sehr zwanglos,

Ausweiskontrollen. Die Schauspielerin fürchtete, einem französischen Grenzer ihren Pass vorlegen zu müssen und von ihm einen Einreisestempel zu bekommen, den sie dann später bei der Heimreise zu erklären hätte. Der Chefdramaturg versprach ihr, sich nach einem Weg zu erkundigen.

Eine Stunde später sei die Darstellerin der zweiten Schwester erschienen, und kurz darauf auch die der dritten Schwester. Sie hatten alle den gleichen Wunsch: nach Paris, nach Paris!

Der Chefdramaturg war von den Bitten der drei Aktricen gerührt, erkundigte sich bei den Bühnenarbeitern nach einem sicheren Grenzübergang, einem Schleichweg, und stand am spielfreien Tag um sieben Uhr morgens, also zu einer für Schauspieler nachtschlafenden Zeit, mit seinem Wagen vor dem Quartier der Gäste, um die drei Schauspielerinnen nach Paris zu chauffieren.

Die drei Damen standen bereits sorgfältig geschminkt und in ihrer feinsten Garderobe vor dem Hoteleingang, strahlten wie Himmelsköniginnen und stiegen in seinen Wagen.

Sie gelangten gänzlich unbehelligt über die Grenze, und der Chefdramaturg ließ es sich nicht nehmen, den Ostberliner Schauspielerinnen die Attraktionen der französischen Hauptstadt zu zeigen, wobei die drei Besucherinnen kein Auge für die Pariser Bettler oder die algerischen und marokkanischen Straßenhändler hatten, sie wollten vielmehr die berühmten Cafés sehen, in denen an jedem Nachmittag die von aller Welt verehrten Pariser Philosophen und Literaten sitzen, und die prächtigen Auslagen in den Schaufenstern der Geschäfte in der Avenue des Champs-Élysées bewundern.

Auch bei der Rückfahrt zu später Stunde behelligte sie kein Zöllner oder Grenzpolizist, die ostdeutschen Reisepässe blieben jungfräulich rein und ohne verräterischen französischen

Stempel. Die Damen verabschiedeten sich – erschöpft, aber glücklich – von ihrem Fahrer, dem Düsseldorfer Chefdramaturgen.

Am darauffolgenden Tag, in der letzten Aufführung der *Drei Schwestern*, hätten die Schauspielerinnen ihr »Nach Moskau, nach Moskau!« viel inniger, eindringlicher und ergreifender geseufzt als in den ersten beiden Aufführungen, erzählte mir der Chefdramaturg, hatten sie doch endlich die Stadt ihrer Träume und ihrer Sehnsucht gesehen.

EINE ENTZWEIUNG

Nach der kriegsbedingten Aussiedlung aus Schlesien lebte ich mit meiner Familie für dreizehn Jahre in einer sächsischen Kleinstadt, bevor ich im Alter von vierzehn die Stadt und den Staat verlassen musste, da ich als Pfarrerssohn keinesfalls auf eine Oberschule des sozialistischen deutschen Imperiums gehen durfte.

Ich ging über die Grenze, *haute ab*, wie das damals hieß, wurde Westberliner, wohnte in einem Schülerheim im Grunewald und besuchte ein Gymnasium. In den Ferien fuhr ich illegal zu den Eltern, die Grenzen waren zwar bewacht, aber noch offen, es drohte immer die Festnahme, doch der Halbwüchsige hatte Sehnsucht nach der Familie.

Dann kam der Sommer 1961. Mitten in den Schulferien baute der ostdeutsche Staat eine Mauer um sein Territorium.

Für mich war damit der Schulbesuch beendet, und da ich mich nun zwei schwerer Sünden schuldig gemacht hatte – neben der grässlichen Untat, Sohn eines Pfarrers zu sein, war ich auch mit dem höchst strafbaren Staatsverbrechen einer Republikflucht belastet –, hatte ich zu büßen. Mir wurde der Besuch einer Abendschule verweigert, obwohl ich die Jahresgebühr bezahlt hatte. Eine Ausbildung in den von mir gewählten Berufen – ich hatte mich, da mir ein weiterer Schulbesuch verwehrt war, für eine Tischler- oder Schlosserlehre beworben – wurde abgelehnt, die Behörde teilte mir eine Arbeitsstelle in einer Buchhandlung zu. Es sollte Jahre dauern, ehe mir erlaubt wurde, die Hochschulreife an einer Abendschule zu erwerben und einen Studienplatz zu erlangen.

In dem Jahr, in dem die Mauer gebaut wurde und ich gezwungenermaßen den Besuch des Westberliner Gymnasiums aufgeben musste, lernte ich Thomas Brasch kennen, einen gleichaltrigen Freund mit demselben literarischen Interesse. Wir verbrachten, allein oder mit unseren Freundinnen, unsere freie Zeit gemeinsam, zeigten uns gegenseitig unsere ersten literarischen Arbeiten und waren überzeugt, dass wir beide die neuen Adler der deutschen Literatur seien, die bald die Welt in Erstaunen versetzen würden.

Thomas' Mutter und Geschwister nahmen mich freundlich und herzlich auf, sein Vater dagegen verhielt sich mir gegenüber reserviert und feindselig. Ihn störte meine Herkunft aus einem Pfarrhaus und, mehr noch, dass ich, um eine weiterführende Schule besuchen zu können, nach Westberlin gegangen war, in seinen Augen also die Republik verraten hatte. Er war als stellvertretender Kulturminister für alle Kunsthochschulen des Landes zuständig und hatte als überzeugter Kommunist den zwölfjährigen Sohn Thomas gegen dessen Willen für vier Jahre in eine Kadettenanstalt in Naumburg gesteckt. Auf die flehentlichen Klagebriefe des Halbwüchsigen reagierte er nicht, gab diese Briefe vielmehr dem militärischen Vorgesetzten seines Sohns in der Kadettenanstalt.

Ich war über dieses Verhalten entsetzt, zumal ich eine Kadettenanstalt für veraltet und für ein Zeugnis des preußischen Militarismus hielt. Thomas' Vater dagegen war überzeugt, dass ich, ein Pfarrerssohn und ›Republikflüchtling‹, seinen Sohn vom rechten Weg abgebracht hätte, was er an dessen zunehmend provokanteren Äußerungen festmachte. Wenn ich Thomas besuchte und dabei seinen Vater traf, wurde ich nur mit einem knurrigen Gruß bedacht und ansonsten von ihm ignoriert.

Aber was kümmerte die jungen Adler schon das Knurren eines verknöcherten Stalinisten!

An der Filmhochschule in Babelsberg gab es einen Studiengang für Szenaristen, der ein hohes Ansehen genoss, da unter den Absolventen bekannte Drehbuchautoren waren. Als jungem Autor schien mir dieses Studium mehr als erstrebenswert. Ich bewarb mich um einen der wenigen Studienplätze – in jedem Jahr wurden nur drei bis vier Studenten neu aufgenommen –, und nach mehreren Prüfungen und dem Einreichen verschiedener Texte wurde ich tatsächlich immatrikuliert.

Bald nach Studienbeginn wurde meine Frau schwanger. Sie studierte bereits seit mehr als einem Jahr in Leipzig, und wir entschieden gemeinsam, dass ich die Universität wechsle, damit ich zusammen mit ihr unser Kind versorgen könnte. Ich schickte die entsprechenden Unterlagen an eine Leipziger Hochschule, und während wir auf den Bescheid warteten, bemühten wir uns in der sächsischen Messestadt um eine kleine Wohnung.

Thomas kam eines Tages zu mir und sagte, er habe seinem Vater erzählt, dass wir ein Kind bekommen und ich deswegen nach Leipzig wechseln wolle. Sein Vater habe daraufhin angeboten, ich möge ihm, dem zuständigen Minister, einen Brief schreiben und ihn um einen Hochschulwechsel bitten.

Mir war das nicht recht, ich wollte von diesem Privileg keinen Gebrauch machen, zumal Thomas' Vater mich nie als Freund seines Sohnes akzeptiert hatte und mir gegenüber erkennbar feindselig eingestellt war. Aber nach längerem Überlegen schrieb ich ihm dann doch einen Brief, da ich fürchtete, dass ich ihn – wenn ich seiner Aufforderung nicht nachkäme – verärgern würde und er mir schaden könnte.

Noch bevor ich zu meiner Frau nach Leipzig zog, erhielt ich einen ablehnenden Bescheid der Leipziger Kunsthochschule, man habe keine freien Studienplätze, ich könne mich im Jahr darauf erneut bewerben.

Vierzehn Tage später bat mich meine Schwiegermutter zu sich und forderte mich auf, die Freundschaft mit Thomas unverzüglich aufzugeben, da ich andernfalls mich und meine Familie gefährden würde. Ich wies ihre Forderung empört zurück. Sie berichtete mir daraufhin, eine Freundin von ihr, die eine wichtige Position im Kulturministerium innehabe, habe sie gewarnt. Die Freundin verwaltete und archivierte dort vertrauliche Dokumente und Briefe und hätte daher nicht nur mein Schreiben an den Minister in den Händen gehabt, sondern auch einen Brief von ihm an die Leipziger Hochschule. Darin teilte er dem Rektor mit, dass ich der Republik gegenüber feindlich eingestellt sei und »ideologisches Gift« unter Gleichaltrigen verbreite. Er, der Minister, wünsche nicht, dass »dieser Hein« an irgendeiner Kunsthochschule des Landes studiere.

Ich hatte keinen Grund, an der Glaubwürdigkeit der Freundin meiner Schwiegermutter zu zweifeln, war mir doch bisher völlig schleierhaft geblieben, wieso sich eine Hochschule der Bitte des für sie zuständigen Ministers, mir bei einem Universitätswechsel behilflich zu sein, verweigert haben sollte. Ich war über das Ausmaß der Infamie von Herrn Brasch erschrocken.

Der Minister hätte schwerlich von sich aus gegen mich tätig werden können, denn es hätte mehr als Verwunderung erregt, wenn er von sich aus den Hochschulwechsel eines Studenten zu verhindern versucht hätte. Aber da ich mich schriftlich an ihn gewandt hatte, war sein Schreiben an die Hochschule vollkommen legitim. Er hatte mich in die Zwickmühle gebracht: Schrieb ich ihm nicht, hätte das seinen Groll erregt, und ihm zu schreiben wiederum lieferte ihm eine Steilvorlage, um mir zu schaden.

Ich machte mich eilig auf den Weg zu Thomas, um ihm alles zu erzählen. Doch unterwegs dachte ich darüber nach, wie es weitergehen würde. Thomas würde am Abend den Vater empört zur Rede stellen, der Vater würde wiederum in die Offensive gehen, gegen den Sohn, vor allem aber gegen mich. Und mir einen Schlag versetzen, der mich heftiger als sein erster aus dem Gleichgewicht bringen würde. Ein Studium an einer der Kunsthochschulen des Landes konnte ich allerdings ohnehin in den Wind schreiben, da sie sämtlich diesem Mann unterstanden und die Rektoren seinen Anordnungen und Wünschen zu folgen hatten.

Ich verlangsamte meinen Schritt, blieb schließlich stehen und kehrte um.

Ich habe meinem Freund Thomas nichts von dem Brief seines Vaters erzählt, jedenfalls damals nicht. Und ich begann darüber nachzudenken, was ich ihm künftig überhaupt erzählen könnte, ohne unsere Freundschaft und ohne uns selbst zu gefährden.

Erst Jahrzehnte später, als sein Vater mitsamt seinem Staat das Zeitliche gesegnet hatte, konnte ich Thomas davon berichten.

Damals aber, wenige Jahre nach dem Bau der Mauer, verschwieg ich dem Freund eine wichtige, für mich geradezu existenzielle Wahrheit. Das war der Freundschaft nicht zuträglich – denn das Verschwiegene steht unüberwindbarer zwischen zwei Menschen als jedes böse Wort. Wer schweigt, spricht mit einem Menschen härter, als es Worte je könnten.

Langsam, sehr langsam löste sich eine brüderliche Verbindung auf, nach zehn Jahren hatte sein Vater es geschafft, unsere Freundschaft zu zerstören.

ES WAR ALLES GANZ ANDERS

In der Deutschen Bücherei in Leipzig stieß ich auf Dokumente über den *Weltkongress der Intellektuellen zur Verteidigung des Friedens*, der im August 1948 in Wrocław stattfand und an dem bedeutende Künstler aus aller Welt teilnahmen. Picasso war angereist und Andersen-Nexö, Fernand Léger, Ivo Andrić, Max Frisch, Pablo Neruda, Louis Aragon, Georg Lukács, Hanns Eisler, Ernst Fischer, Friedrich Wolf, Irène Joliot-Curie, Ilja Ehrenburg, Hans Mayer, insgesamt mehr als fünfhundert Schriftsteller, Künstler und Gelehrte aus fünfundzwanzig Nationen waren in die größte Stadt der Woiwodschaft Niederschlesien gekommen.

Angesichts der zerstörten Stadt, der Ruinenlandschaft Wrocław, zeichnete Picasso jene Friedenstaube, die weltweit zum Symbol für den Frieden und die Friedensbewegung wurde.

Auf jenem Kongress allerdings ging es weniger friedlich zu. Der *Kalte Krieg* hatte begonnen und viele Redner befleißigten sich der Verteufelung der politischen Gegner. Hans Mayer nannte den Kongress später *Das Große Religionsgespräch*, denn die Ideologiegläubigen übertrafen sich gegenseitig in wortreichen Bekenntnissen zu ihrer Glaubensgemeinschaft und verbanden dies mit einer vernichtenden Verurteilung aller ›Andersgläubigen‹.

Zu meiner Überraschung entdeckte ich in einer Zeitschrift jenes Jahres einen Artikel, in dem darüber berichtet wird, dass der Kulturminister der DDR, Johannes R. Becher, sich weigere, zu besagtem Kongress zu reisen, weil er nicht in ein polnisches Schlesien fahren wolle, in das okkupierte Breslau.

Ich war überrascht und fassungslos, als ich das las.

Ich wurde in Schlesien geboren, und viele in meiner Familie und unter den Freunden meiner Eltern trauerten ihrer Heimat nach, hatten viele Jahre gehofft, in die Städte und Dörfer zurückkehren zu dürfen, in denen sie einst gelebt hatten. Doch die Regierung der DDR hatte die Vertreibung durch Russen und Polen sanktioniert, bezeichnete die Grenze zu Polen als *Oder-Neiße-Friedensgrenze* und die aus Pommern und Schlesien Vertriebenen wurden unter der neutraleren Bezeichnung *Umsiedler* registriert. Von Vertreibung zu sprechen, war verpönt und galt als revanchistisch.

Und nun musste ich lesen, dass der Kulturminister von der deutschen Stadt Breslau sprach, in die er nicht reisen wolle, solange sie von Polen »okkupiert« sei.

Der geborene Münchner Becher war ein bekannter Lyriker. Kein Geringerer als Jorge Luis Borges hatte seine Werke einst ins Spanische übersetzt und verehrte ihn damals als den besten deutschen Dichter seiner Zeit, befand ihn gar als bedeutsamer als Kafka. Und dieser bewunderte Lyriker Becher war nun Kulturminister der DDR geworden und hatte sich 1948 geweigert, in das »polnisch okkupierte Breslau« zu fahren.

Ich versuchte vergeblich, mir vorzustellen, wie er diese Haltung gegenüber einem Walter Ulbricht und dem allmächtigen ZK der SED hatte begründen und durchsetzen können. Dieser Mann musste einen unglaublichen Mut und ein erstaunliches Rückgrat besessen haben.

Es dauerte einige Jahre, bevor ich meinen Irrtum aufklären konnte.

Keineswegs dissidierte Becher damals, seine Haltung entsprach vielmehr vollkommen der Politik der ostdeutschen Regierung und allmächtigen Staatspartei. Ulbricht wollte die verlorenen deutschen Gebiete zurückhaben. Er wollte Pommern und Schlesien, denn dann wären vermutlich Millionen Pommern und Schlesier in ihre Heimat zurückgekehrt, die DDR wäre sehr viel größer geworden, ihr Territorium und ihre Einwohnerzahl wären denen der westlichen Bundesrepublik nahegekommen. Ulbricht weigerte sich, den Anweisungen Stalins bezüglich der deutschen Ostgebiete nachzukommen, und beharrte fünf Jahre lang auf der Rückgabe dieser deutschen Länder.

1951 war Stalin dieses Widerstands überdrüssig, zumal er den östlichen Teil Polens der Sowjetunion einverleibt hatte und keineswegs den aus Ostpolen in die ostdeutschen Provinzen vertriebenen Polen ihr früheres Land zurückgeben wollte. Er schlug auf den Tisch und stellte Ulbricht ein Ultimatum, das dieser nicht zurückweisen konnte.

Und von diesem Jahr an wurde Ulbricht zum folgsamen Schüler und Befehlsempfänger Stalins. Über die verlorenen Ostgebiete durfte im ostdeutschen Staat nicht mehr gesprochen werden. Die Vertriebenen hießen ab sofort nur noch *Umsiedler*, und die fünf Jahre lang nicht akzeptierte Grenze wurde nun als *Oder-Neiße-Friedensgrenze* bejubelt. Die frühere Politik und Haltung wurde verschwiegen, sie durfte in den Geschichts- und Schulbüchern nicht erwähnt werden, ein ganzer Abschnitt deutscher Geschichte wurde getilgt. Und all jene Deutschen, die noch immer von einem ›deutschen‹ Pommern, einem ›deutschen‹ Schlesien sprachen, die also nichts anderes sagten als die Regierenden der DDR bis 1950, wurden nun als Revanchisten und Kriegstreiber angeprangert und bedroht.

Wieder einmal wurde Geschichte revidiert.

Hans Mayer leitete gewöhnlich seine streitbaren Wortmeldungen mit einem Satz ein, der auch bei dieser willfährigen Geschichtsschreibung angebracht ist: Es war alles ganz anders.

EIN GRÜNDLICHER VERRISS

Als wieder einmal eines meiner Theaterstücke die Obrigkeit so heftig erregte, dass sie Aufführungen in ihrem Herrschaftsgebiet untersagte, entschloss sich das Düsseldorfer Theater, mein Stück uraufzuführen.

Da die Zensoren des Staates, dem ich untertan war, das Stück – es war ein komödiantisches Drama um Ferdinand Lassalle, den Wortführer der frühen deutschen Arbeiterbewegung – als widerlich und staatsgefährdend gebrandmarkt hatten, entschieden die Allgewaltigen, mich vor meinem eigenen Werk zu schützen, und verboten mir, zur Premiere nach Düsseldorf zu reisen.

Das ist altes deutsches Brauchtum. Auch dem Kollegen Schiller wurde der Besuch der Uraufführung seiner *Räuber* untersagt. Er reiste heimlich und ohne Erlaubnis nach Mannheim. Herzog Karl Eugen ließ ihn daraufhin vierzehn Tage in den Kerker werfen und befahl mit schriftlicher Order, er habe künftig und für alle Zeit »keine Komödien und dergleichen Zeugs zu schreiben«.

Die Festungshaft blieb mir erspart, da ich damals ja auch nicht einmal illegal nach Düsseldorf reisen konnte.

Ich rief einen befreundeten Regisseur an, der am Theater einer Düsseldorf benachbarten Stadt arbeitete, und bat ihn, sich die Aufführung meines Stückes anzusehen. Ich wollte mich nicht allein auf Kritiker verlassen müssen, sondern auch das Wort eines Kollegen hören. Über alle wichtigen, über die lebenswichtigen Vorgänge des menschlichen Lebens – über die Geburt eines Kindes, über Liebe, Sex und Orgasmus, über den Tod eines nahestehenden Menschen –, dazu wollen wir die Beteiligten und Betroffenen hören, keinesfalls aber die Ansichten und Meinungen jener, die nur danebenstanden und zusahen. Und ebenso ist es in der Kunst.

Am nächsten Morgen meldete sich der Freund, berichtete mir, was er in Düsseldorf gesehen, wie die Theaterleute mein Stück umgesetzt hatten und welchen Eindruck das Stück und die Inszenierung auf ihn gemacht habe.

Er beendete seinen Bericht mit der Bemerkung, dass genau in dem Moment, da er das Theater verließ, eine riesige Mercedes-Limousine am Haupteingang des Theaters vorfuhr. Ein livrierter Chauffeur sei aus dem Wagen gesprungen, um den Straßenkreuzer herumgelaufen, habe sich die Chauffeurskappe vom Kopf gerissen, die Autotür göffnet und ehrerbietig zu einer distinguierten und bestens gekleideten Dame, die eben dabei war, in den Wagenfond einzusteigen, gesagt: »Ich hoffe, gnädige Frau, Sie hatten einen angenehmen Abend.«

Knapp und kühl und für den ganzen Theaterplatz unüberhörbar hätte die Dame erwidert: »Die Schauspieler waren gut.«

Nie habe ich ein vernichtenderes Urteil über eine meiner Arbeiten hinnehmen müssen.

EIN MACHWERK

Ende Mai 1976 gab es an der Berliner Volksbühne die lang erwartete Uraufführung eines älteren Stückes von Heiner Müller.

Der Dramatiker war zu dieser Zeit Hausautor des Berliner Ensembles, ich war mit gleicher Verpflichtung an der Volksbühne angestellt, und zusammen standen wir vor dem Theatereingang, beobachteten die eintreffenden Premierengäste und plauderten.

Als ich darüber sprach, wie wenige Zuschauer sich für die Inszenierungen unbekannterer oder neuer Autoren interessierten, sagte Müller: »Christoph, man kann nicht die Hälfte der Theatergänger in Auschwitz vergasen und sich dann hinterher darüber beschweren, dass keiner ins Theater geht.«

Ein Mann im Alter von Müller stürzte auf ihn zu, ergriff seine Hand, schüttelte sie und sagte begeistert: »Heiner, toi-toi-toi. Wunderbar. Ich freue mich auf den Abend. Alles, alles Gute.«

Dann schlug er ihm auf die Schulter und eilte ins Foyer.

Heiner Müller hatte nur zurückhaltend gelächelt und nichts gesagt. Als der Mann verschwunden war, zischte er leise: »Dieser Verbrecher!«

Ich sah ihn fragend an und er erklärte mir, dass ebendieser Mann fünfzehn Jahre zuvor zu jenen Funktionären der Partei gehört hatte, die damals dafür gesorgt hatten, dass eine Inszenierung ebenjenes nun zur Uraufführung gelangenden Theaterstücks abgesetzt wurde, und gefordert hatten, dass Regisseur und Autor bestraft werden sollten.

Im September 1961 sollte im Rahmen der Internationalen Studenten-Theaterwoche an der Hochschule für Ökonomie in Berlin-Karlshorst das Stück von Heiner Müller *Die Umsiedlerin oder Das Leben auf dem Lande* unter der Regie von B. K. Tragelehn uraufgeführt werden. Die Generalprobe verlief problemlos, anschließend folgte, wie zu erwarten gewesen war, eine heftige Diskussion, aber auch langer, zustimmender Beifall.

Doch die politischen Verhältnisse hatten sich grundlegend verändert. Einen Monat zuvor hatte die Staatsführung der DDR eine unüberwindbare Mauer zwischen den beiden deutschen Staaten errichtet, und ein hoher Funktionär der Partei hatte erklärt, an dieser Mauer würden alle Feinde des Fortschritts, des Sozialismus und des ersten sozialistischen Staates auf deutschem Boden wie Wanzen zerquetscht.

Die größere Delegation von Zensoren verschiedener staatlicher Organisationen blieb bei der Generalprobe auffällig zurückhaltend. Ein unbekannter, älterer Mann hatte sie irritiert. Der Mann war nach der Probe aufgestanden und hatte das Stück als einen Meilenstein in der Entwicklung der neuen Dramatik bezeichnet. Er sprach ein gutes Deutsch, aber die kehlige Aussprache verwies auf eine russische oder doch osteuropäische Muttersprache. Die angereisten Funktionäre und Zensoren vermuteten daher, er sei der beauftragte Zensor der sowjetischen Botschaft, und sie hatten nach dessen Lobeshymne an dem Stück wenig auszusetzen und genehmigten dem Studentenensemble schließlich die Uraufführung.

Nach der Probe erkundigten sie sich diskret nach jenem Mann mit der gutturalen Aussprache und erfuhren, der Mann sei lediglich ein Schriftsteller namens Boris Djacenko, gebürtig in Lettland, der jedoch schon seit Jahrzehnten in Deutschland lebe.

Djacenko war kein sowjetischer Zensor, sondern drei Jahre zuvor von der höchsten Zensurbehörde, der Kulturabteilung des Zentralkomitees der SED, als *sowjetfeindlich* eingestuft worden, da er 1958 einen Roman über den Einmarsch der Roten Armee in Deutschland veröffentlichen wollte, in dem es eine Szene gab, wo deutsche Frauen von Rotarmisten vergewaltigt wurden.

Die oberste Kulturabteilung sorgte dafür, dass der laufende Vorabdruck in einer Wochenzeitschrift gestoppt wurde, und ordnete an, die fertigen Druckbögen in der Druckerei zu vernichten. Der Autor Boris Djacenko durfte seitdem nur noch Kriminalromane unter Pseudonym veröffentlichen.

Die Gruppe der deutschen Zensoren war einerseits erleichtert, gleichzeitig jedoch besorgt, da sie sich möglicherweise bei ihrem Urteil von den lobenden Bemerkungen des vermeintlich russischen Kommissars hatte beeinflussen lassen.

Die Uraufführung wurde ein Erfolg, der Autor und der Regisseur wurden umjubelt und das Ensemble feierte – nach den Monaten der Ungewissheit und der Furcht vor einem Verbot der Aufführung – ausgelassen und sehr erleichtert.

In der gleichen Nacht wurden jedoch alle Studenten, die in der Inszenierung auf der Bühne gestanden hatten, einbestellt, sie wurden genötigt, Selbstkritik zu äußern, sich von Autor und Regisseur zu distanzieren und das Stück als konterrevolutionär und antikommunistisch einzuschätzen. Die Parteiführung, wurde ihnen gesagt, vermute eine antisozialistische Verschwörung, der Autor sei ein Agent des Westens und der CIA, mit diesem Stück betreibe er eine vermutlich bezahlte Wühlarbeit. Ein Staatsanwalt sei bereits unterrichtet, denn man erwäge die Verhaftung von Müller und B. K. Tragelehn.

Die verängstigten Studenten wagten nicht zu widersprechen und folgten ausnahmslos der drohend vorgebrachten Aufforderung der Funktionäre.

Gegen B. K. Tragelehn wurde ein Verfahren eröffnet, er wurde aus der Partei ausgeschlossen und in einen Braunkohletagebau strafversetzt, um sich »in der Produktion zu bewähren«.

Zu einer Inhaftierung von Heiner Müller kam es nicht, aber er wurde wegen »Nihilismus« und »Schwarzfärberei« aus dem Schriftstellerverband ausgeschlossen, was nichts weniger als ein Berufsverbot war, da ihn nun weder die Theater des Landes spielen noch irgendein Verlag drucken durfte. Auch dem staatlichen Rundfunk und dem Fernsehen war untersagt, irgendeinen Text des Verfemten zu senden. Diese Jahre der Ausbürgerung konnte er nur überstehen, da ihn Kollegen wie Peter Hacks und Hanns Eisler und Persönlichkeiten wie Hans Mayer finanziell unterstützten.

Erst fünfzehn Jahre später durfte der Regisseur Fritz Marquardt dieses Stück an der Volksbühne inszenieren. Die staatliche Zensurbehörde hatte allerdings, um nicht ihr Gesicht zu verlieren, zwei Bedingungen gestellt. Das Stück müsse vom Autor überarbeitet werden und einen anderen Titel bekommen.

Nach langwierigen Verhandlungen willigte Müller ein. Er gab seinem Theaterstück *Die Umsiedlerin oder Das Leben auf dem Lande* den neuen Titel *Die Bauern*, und er schrieb einen einzigen Satz hinzu, eine obszöne Bemerkung, die er angeblich von einem Bauern gehört hatte (»Zeig mir ein Mausloch und ich fick die Welt«). Damit, meinte er, habe er beide Bedingungen erfüllt. Die Zensoren ließen sich schließlich, wohl oder übel, darauf ein.

Die Proben zu der um fünfzehn Jahre verspäteten Uraufführung verliefen gut. Marquardt hatte ein wunderbares Ensemble zur Verfügung, und wir waren gewiss, dass der Staat nicht erneut zuschlagen werde.

Deutlich erkennbar genoss Heiner Müller den späten Triumph. Als wir so beisammenstanden, eilte plötzlich ein älterer Mann auf uns zu, er hinkte leicht und strahlte Heiner Müller schon von weitem begeistert an, der mir leise zuraunte: »Und der war damals der Schlimmste.«

Er unterdrückte seinen Ekel und schaute scheinbar gelassen dem Mann entgegen, der auf ihn zutrat und ihm lachend auf die Schulter klopfte. Der Herr sah mich kurz an und grunzte missbilligend. Ich entschuldigte mich und ließ die beiden allein, denn der Mann, ein Zensor des Ministeriums, hatte in diesen Wochen über die Aufführungsgenehmigung eines neuen Stückes von mir zu entscheiden, und ich wollte ihn nicht durch ein offensichtlich unerwünschtes Zusammentreffen mit mir noch heftiger gegen mich aufbringen.

Im Weggehen hörte ich noch, wie er zu Müller sagte: »Endlich, Heiner, höchste Zeit, dass dein Machwerk auf die Bühne kommt.«

PROGNOSEN UND PROPHEZEIUNGEN

Vor dem Zusammenbruch des zweiten deutschen Staates hatte ich in meinen Arbeiten das Ende der DDR viermal beschrieben. Zuletzt mit dem Stück *Die Ritter der Tafelrunde*, das im Frühjahr 1989 in Dresden uraufgeführt werden konnte.

Eine frühe Untergangsprophezeiung lieferte ich mit dem Drama *Cromwell*, das ich 1974 verfasste und in dem ich den Weg des Revolutionärs vom Idealisten zum Diktator beschrieb. Selbst das Ende des Staates sagte ich korrekt voraus: Die zurückkehrende alte Macht, der König, lässt den bereits verwesenden Leichnam des Übeltäters ausgraben, um ihn aufzuhängen und anschließend zu köpfen. Dieses Ende des Dramas entsprach genau den nach 1989 einsetzenden Bemühungen der siegreichen Macht, den zweiten deutschen Staat – einst von der Welt und dem anderen deutschen Staat anerkannt – nachträglich zu delegitimieren, also das bereits verwesende Völkerrechtssubjekt zu hängen und zu köpfen.

Benno Besson und andere Regisseure wollten den *Cromwell* umgehend an der Berliner Volksbühne inszenieren, doch der Staat war noch lebendig und mächtig genug, um eine Aufführung zu verhindern. Die Uraufführung des Dramas erfolgte daher jenseits der Staatsgrenzen und außerhalb des Machtbereichs jener, denen ich in dem Stück den Untergang ankündigte.

Erst Jahre später konnte das Stück auch in der DDR aufgeführt werden, zunächst in Cottbus und später auch in dem kleinen Theater in Eisenach.

Eisenach hatte zu jener Zeit noch ein eigenes Theater, das

erst nach der Wende im Rahmen der Aktion *Aufbau Ost* abgewickelt wurde. 1945 war Eisenach plötzlich eine Grenzstadt geworden, denn nun lag sie nicht mehr mitten in Deutschland, sondern an der innerdeutschen Sektorengrenze, was die wirtschaftliche Entwicklung hemmte und wodurch die Einwohnerzahl sank. Lediglich Angehörige des *Grenzkommandos Süd* kamen und nahmen Quartier in der kleinen Bach-Stadt am nördlichen Rand des Thüringer Waldes.

Der Intendant bat mich vor der Premiere, nach der Aufführung in den großen Besprechungsraum zu kommen, dort würden die ›Freunde des Theaters‹ sitzen, die mich gerne kennenlernen wollten. Ich sagte, das sei mir nicht recht, ich würde lieber mit dem Regisseur, den Schauspielern und weiteren an der Inszenierung Beteiligten zusammen sein, doch der Intendant bat mich dringend, die Freunde des Theaters aufzusuchen, er sei ihnen verpflichtet, da sie ihn weitgehend unterstützen. Nach der Aufführung begleitete er mich zum Sitzungszimmer, öffnete mir die Tür, ging jedoch nicht mit mir hinein.

Ich trat ins Zimmer, sah die Damen und Herren Theaterfreunde und erstarrte. Es waren Offiziere der Armee samt ihren Ehefrauen. Nach den Dienstgradabzeichen und Ärmelwappen zu urteilen waren es sämtlich hochrangige Offiziere. Es war, wie ich später erfuhr, der vollständige Führungsstab des *Grenzkommandos Süd*.

Ich atmete tief durch, grüßte freundlich und setzte mich zu ihnen. Die Runde schwieg, man starrte mich an. Ich fragte, ob ihnen die Aufführung gefallen habe, doch man sah mich weiterhin nur wortlos an.

Mir wurde unbehaglich. Ich ahnte, nein, ich wusste, was nun passieren würde. Am nächsten Morgen würden sie in

Berlin anrufen, würden mit dem Verteidigungsminister sprechen, mit dem Kulturminister oder gleich mit dem allerhöchsten Staatsrat, um ihrer grenzenlosen Empörung über die Aufführung eines derart widerlichen, konterrevolutionären und verbrecherischen Theaterstücks, dessen Autor zweifellos von der CIA bezahlt worden war, in einem sozialistischen Land Ausdruck zu geben und das sofortige und landesweite Verbot des Stücks zu verlangen, um jegliche Aufführungen für alle Zeiten auszuschließen.

Die Offiziere schwiegen weiterhin, ich gab meine Bemühungen auf, eine Konversation in Gang zu bringen.

Wozu auch? Ich würde sie nicht davon abhalten können, die Inszenierung und mein armes Stück zu schlachten.

Minutenlang blieben wir wortlos sitzen. Mir schien ihr Schweigen endlos, und ich überlegte, wie ich die Runde dieser uniformierten Theaterfreunde schleunigst wieder verlassen könnte, ohne sie übermäßig zu brüskieren.

Endlich begann einer zu sprechen. Der ranghöchste Offizier – er hatte jedenfalls die meisten Sterne auf seinen Epauletten – fragte mich fassungslos, wie ich das denn hätte schreiben können, wie es mir gelungen sei, all das in Worte zu fassen. Er selbst, sagte er, empfinde genau, was ich in dem Stück in Worte gefasst hätte, hätte es aber niemals formulieren können.

Nun war das Eis gebrochen. Plötzlich ergriff einer nach dem anderen das Wort, sie redeten sich förmlich ihren Kummer von der Seele. Sie hätten eine Grenze zu schützen, die ihnen sinnlos erscheine, da nichts mehr zu verteidigen lohne. Die hohen Ideale und Werte, für die sie sich einst zum Dienst mit der Waffe verpflichtet hatten, würden verramscht, die Jugend werde entmündigt, jede berechtigte Kritik als feindliche Propaganda gewertet, das Land sei erstarrt, sei wie gelähmt.

Sie hätten nach ihrem Eid etwas zu verteidigen, was nicht mehr vorhanden war. Der Staat, den sie zu verteidigen hatten, war eine deutsche undemokratische Republik, die legitim entstanden war und nun dabei war, ihrer Existenzberechtigung verlustig zu gehen.

Ich musste in dieser Runde kaum etwas sagen, sie wollten etwas loswerden, über einen Schmerz sprechen, für den ich ihnen mit meinem Stück ein Tor geöffnet hatte, für den sie in meinem Text die Worte fanden, um es auszusprechen.

Sie hatten etwas erkannt, das sie nicht ausdrücken, nicht formulieren konnten, das sie aber beschäftigte und verletzte.

Sie standen Tag für Tag an der innerdeutschen Demarkationslinie, sie hatten diese Grenze, mehr als jeder andere Deutsche in Ost und West, alltäglich zu erleben und zu ertragen. Für sie gab es keinen einzigen Tag, an dem sie diese Schneide einmal vergessen konnten. Von Tag zu Tag erschien sie ihnen unsinniger, und der Befehl, dieses Monstrum einer Grenzbefestigung mit einer Waffe zu verteidigen, kam ihnen sinnlos und absurd vor.

Die Offiziere des Führungsstabs *Grenzkommando Süd* verabschiedeten mich freundlich, wenn auch in gedrückter Stimmung.

Und während ich zur Nachfeier mit dem Ensemble ging, dachte ich, dass die Staatsgrenze im Bereich des *Grenzkommandos Süd* wohl nicht mehr allzu drakonisch und unüberwindbar gesichert sei.

ZWANZIG UHR FÜNFZEHN

In der Nähe meiner Wohnung in Berlin lebte Professor Jürgen Kuczynski, ein Wirtschaftshistoriker und der wohl produktivste Geisteswissenschaftler des Landes. Der Akademie-Verlag, in dem seine Bücher erschienen, erhielt jedes Jahr ein dickes Manuskript von ihm, meistens jedoch zwei, und überdies veröffentlichte er zusätzlich publizistische Bücher in anderen Verlagen. Er galt als der kompetenteste wirtschaftliche Berater der Regierung, worüber er sich mir gegenüber nur amüsierte. Diese Staatsführung, meinte er, sei beratungsresistent, und mit Staatsmännern zu sprechen, die tatsächlich der Ansicht sind, man brauche die Inflation nur gesetzlich verbieten und damit seien alle wirtschaftlichen Probleme gelöst, sei unsinnige Zeitverschwendung, und Zeit habe er zu wenig.

Er besaß eine riesige Bibliothek, eine der größten und wertvollsten Privatbibliotheken der Wirtschaftswissenschaften Europas, für die die Wände seines Hauses nicht ausreichten, zumal ihm seine Frau untersagt hatte, auch noch im Schlafzimmer Bücherregale aufzustellen.

Er kenne nur einen einzigen Wissenschaftler, erzählte er mir, dem es gelungen sei, auch die Wände des Schlafzimmers mit Bücherregalen zu veredeln. Allerdings, fügte er hinzu, hätte der Kollege dies nur während einer Art Auszeit in seinem Eheleben erreichen können, also in den Jahren nach dem Tod der ersten Ehefrau und vor der Heirat mit seiner zweiten.

Als Kuczynski einen hochdotierten Preis erhielt, ließ er in seinem Garten ein kleines Haus bauen, ein Gartenhäuschen nur für seine Bücher.

Seine Frau, mit einem ähnlich skurrilen Humor gesegnet wie er selbst, erzählte mir einmal, sie habe zu ihrem Mann gesagt: »Jürgen, wenn du einmal stirbst, lasse ich dich einäschern und deine Asche im Garten hinterm Haus verstreuen. Wenn dann Besucher kommen, weise ich auf den Garten und sage ihnen: Und hier liegt der zerstreute Professor.«

In einem seiner publizistischen Bücher gewährte er seinen Lesern Einblick in den Ablauf seines Arbeitstages, und so erfuhren diese unter anderem, dass er sehr früh aufstehe und sehr früh ins Bett gehe. Aber mit dem ihm eigenen Witz machte er überaus genaue Angaben. Er würde, stand in dem Buch zu lesen, um zwanzig Uhr fünfzehn ins Bett gehen. Damit ließ er all seine Leser wissen, dass er sich zum Tagesabschluss noch die westlichen Fernsehnachrichten, also die Sendung des Klassenfeinds, ansah.

Vielleicht, so stelle ich mir vor, haben seine Zensoren ihn gebeten, lediglich acht Uhr abends hinzuschreiben oder zwanzig Uhr dreißig. Und ich sehe den alten Herrn vor mir, wie er ihnen mit bedauernder Miene erklärt: »Das wäre nicht die Wahrheit. Ich bin Wissenschaftler und daher der Wahrheit verpflichtet.«

METAMORPHOSEN

Ein verehrter Kollege hatte wenige Jahre nach dem Bau der Mauer eine Jugoslawienreise genutzt, um Ostdeutschland zu verlassen und in den westlichen Teil des Landes überzusiedeln.

Als ich ihn Jahrzehnte später traf, erzählte er mir, dass er, als er bereits mehrere Jahre in Westberlin wohnte, bei einer Taxifahrt mit dem Fahrer ins Gespräch gekommen sei und ihm die Geschichte seiner Flucht erzählt habe.

Der Taxifahrer steigerte sich daraufhin in eine Suada gegen Ostdeutschland und die Kommunisten hinein. Er erregte sich und wurde geradezu aggressiv. Als der Kollege bemerkte, dass die Schimpfkanonade gegen die Kommunisten ihm galt, da er aus dem Ostteil der Stadt stammte, unterbrach er den Taxifahrer und sagte: »Hören Sie, ich bin der falsche Adressat für Ihre Standpauke. Gemäß Ihrer Terminologie müssten Sie mich zu den Antikommunisten zählen.«

Der Taxifahrer drehte sich erbost um, sah meinen Kollegen grimmig an und sagte vor Zorn bebend, wobei er sein Auto unbeaufsichtigt weiterrollen ließ: »Was für eine Art von Kommunist Sie sind, ist mir egal.«

Ich lachte und sagte, der Taxifahrer habe ja nicht so ganz Unrecht. Mein Kollege war verblüfft, stutzte einen Moment und nickte schließlich.

GEGENLAUSCHANGRIFF

Als Student riskierte ich im Jahre 1968 zusammen mit meinem Freund Thomas Brasch eine Flugblattaktion, mit der wir gegen den Einmarsch der Truppen des Warschauer Pakts in die sich durch Alexander Dubček verändernde Tschechoslowakische Republik protestierten. Thomas verteilte mit Freundinnen die hand- und maschinengeschriebenen Protestzettel in Berlin, ich selbst war kurz zuvor nach Leipzig umgezogen und klebte, um mit Heine zu sprechen, die *Konterbande, die mit mir reist,* allein an die Wände der Leipziger Universität.

Thomas wurde in Berlin verhaftet, sein eigener Vater, der Kulturminister, hatte ihn angezeigt, wohl um die eigene Haut und seine Position zu retten.

Ich wurde nicht gefasst, fürchtete aber nach Thomas' Verhaftung, dass durch ein unglückliches Wort oder durch einen in seiner Wohnung aufgefundenen Brief oder irgendeine Notiz meine Beteiligung bewiesen werden könne, ich den Studienplatz, den ich mittlerweile an der Philosophischen Fakultät bekommen hatte, verlieren würde und für Jahre ins Gefängnis müsste, denn die Untat, aufrührerische Flugblätter zu verbreiten, galt in dem damaligen deutschen Kleinstaat als ein staatsgefährdender Akt.

Erst mehr als zwei Jahrzehnte später las ich in den Akten des aufgelösten Geheimdienstes, wie dicht man mir auf der Spur gewesen war. Der Verdacht, dass ich mich staatsfeindlich betätigte, hatte sich bei der Staatssicherheit erhärtet, doch hatte man keinen Beweis dafür und verwanzte daraufhin meine

Studentenwohnung mit drei Mikrofonen. Für ein Dreivierteljahr wurden alle Gespräche »erfasst, aufgezeichnet und verschriftlicht«, wie es im Beamtendeutsch hieß, so dass ich nach dem Ende des Staates und der Öffnung der Archive nachlesen konnte, was ich Jahrzehnte zuvor mit meiner Frau und mit Freunden besprochen hatte.

Da unser Kind zu jener Zeit sehr klein war, hatte ich meiner Frau nichts von der Flugblattaktion erzählt, um sie nicht zu ängstigen. Diese Entscheidung muss mir mein Schutzengel eingegeben haben, denn anderenfalls hätte ich nach der Verhaftung von Thomas vermutlich jeden Abend mit ihr darüber gesprochen.

Bei der Durchsicht der Gesprächsprotokolle interessierte mich nach dem ersten Schrecken, wie weit der Protokollierungswahn der Spitzel ging, aber die abendlichen und nächtlichen Aufzeichnungen endeten brav und sittenrein. Ich erinnere mich an ein Tagesprotokoll, das mit den folgenden Sätzen seinen Abschluss fand:

»Sie fragt ihn: Hast du dich für das Seminar vorbereitet?

Er antwortet: Nein.

Ende der Aufzeichnungen.«

Offenbar hatten die Spitzel eine preußisch korrekte Erziehung genossen und verfügten also über Anstand und Bürgertugenden.

Mitte der Siebzigerjahre, ein Jahrzehnt nach meiner Flugblattaktion, erfuhr ich von einem Lauschangriff ganz anderer Art. Der Schauspieler Manfred Krug hatte Schriftsteller und befreundete Kollegen in seine Wohnung eingeladen, um dort mit hohen Staatsfunktionären über die gerade erfolgte Ausbürgerung von Wolf Biermann zu diskutieren und die Funktionäre zu einer Rücknahme der Expatriierung zu bewegen.

An diesem Nachmittag kam es zu keiner Einigung, die Funktionäre schlossen einen Widerruf der Strafmaßnahme kategorisch aus.

Das Gespräch allerdings wurde heimlich mitgeschnitten. In dem großen Wohnzimmer der Krugs war zuvor ein Mikrofon versteckt worden, mit dessen Hilfe jedes Wort auf Tonband festgehalten wurde. Für diesen heimlichen und damit illegalen Mitschnitt hatte diesmal jedoch nicht der staatliche Sicherheitsdienst gesorgt.

Krug selbst hatte vor dem Eintreffen seiner Besucher ein Mikrofon verborgen angebracht, das Kabel kunstvoll in ein Nebenzimmer verlegt, wo er ein prächtiges Tonbandgerät der führenden westlichen Marke aufgebaut hatte.

Die Aufnahme war von guter Qualität, jedes Wort war zu verstehen, Mut und Kühnheit der Künstler waren ebenso dokumentiert wie das um Zustimmung buhlende Verhalten der Funktionäre, ihre Ausflüchte und Winkelzüge. Sie wanden sich wie Aale, um zu verteidigen, was nicht zu verteidigen war, und um die Künstler nicht zu heftig zu brüskieren und womöglich für immer zu verlieren.

Doch nichts hatte geholfen, der Staat erlaubte die Rückkehr von Wolf Biermann nicht, und ein großer Teil jenes Dutzends Künstler bat wenig später um Ausbürgerung und passierte die Staatgrenze, ohne zurückzukehren.

Das heimliche Mitschneiden eines Gesprächs mit allgewaltigen Staatsfunktionären war ein tollkühner Akt. Denn ein Staat, der keinerlei Hemmungen hat, seine Bürger möglichst umfassend sowohl mit sämtlichen legitimen wie auch mit unzulässigen und ungesetzlichen Mitteln zu überwachen, reagiert gemeinhin mit Höchststrafen, wenn seine Bürger gleiche oder ähnliche Methoden gegen ihn einsetzen und staatlich sanktionierte Skandale öffentlich machen und somit das eigene Nest beschmutzen.

Ich bin sicher, auch für Manfred Krugs ›Abhöraktion‹ hätte sich ein Staatsanwalt gefunden, der einen Paragraphen aufgetan hätte, nach dem es zulässig und geboten sei, diesem dafür eine geradezu mörderische Strafe aufzubrummen.

Der Schauspieler verließ ein Jahr später den Staat, um erst zurückzukehren, als es diesen nicht mehr gab. Und in diesem einen Jahr erfuhr kein Funktionär etwas von seinem ›Gegenlauschangriff‹, obwohl Krug zu stolz und zu eitel war, um darüber Stillschweigen zu wahren, so dass lange vor seiner Ausreise eine beträchtliche Zahl von Freunden und Bekannten genauestens über jenen Nachmittag, das versteckte Mikrofon und den genauen Wortlaut der lautstark geführten Auseinandersetzung unterrichtet war. Was sie damals noch nicht wissen konnten: Ihren verehrten Freund würde man später zu den *Whistleblowern* zu rechnen haben.

HORNS ANFANG

Nachdem mein Roman *Der fremde Freund* erschienen war, fragte mich mein Kollege Günter de Bruyn, wie es mir gelungen sei, diesen Text durch die Zensur zu schmuggeln. Ich sagte, ich wisse es nicht und vermute, die für das Druckgenehmigungsverfahren zuständige Behörde, die Hauptverwaltung Verlage, habe – da ich ein junger und noch unbekannter Autor war – weniger genau hingesehen. Zensoren erlägen wie alle Beamten der Bequemlichkeit ihrer Arbeitssessel und schätzten gleichfalls den gelegentlichen Büroschlaf.

Doch da dieser Roman, der im westlichen Deutschland unter dem Titel *Drachenblut* erschien, viel Aufsehen und Ärger bereitete, wurde mein nächstes Manuskript, der Roman *Horns Ende*, gründlicher gelesen. Die Hauptverwaltung Verlage forderte wiederholt Änderungen und Streichungen, und ich reichte alle zwei, drei Monate einen neuen Ausdruck ein.

Die Fassungen unterschieden sich deutlich im Umfang, mal waren es fünfzig Seiten mehr, mal zwanzig Seiten weniger, tatsächlich aber hatte ich kein einziges Wort geändert. Ich besaß zu dieser Zeit bereits einen eingeschmuggelten Computer, und ich änderte lediglich das Seitenlayout. Die Zensoren teilten dem Verlag mit, Herr Hein habe zwar viel an seinem Roman gearbeitet, aber die entscheidenden Stellen nicht – wie von ihnen erwünscht – geändert.

Ich hatte kein einziges Wort geändert, aber die Zensoren waren, wie von mir vermutet, zu faul, um Seite für Seite zu prüfen.

Doch all meine Winkelzüge halfen nicht, das Manuskript wurde als staatsfeindlich eingestuft. Die Druckgenehmigung wurde nicht erteilt, stattdessen übergab die Hauptverwaltung Verlage das Manuskript zur Begutachtung dem höchsten Staatsgremium.

Mein Verleger, Elmar Faber vom Aufbau-Verlag, ersuchte nun alle paar Monate den ideologischen Chef des Politbüros um die Druckgenehmigung, doch der oberste Ideologiehüter ließ sich nicht umstimmen. Er war nicht bereit, die Publikation dieses »staatsfeindlichen« Buches zu genehmigen. Diese Genehmigung wurde schließlich nie erteilt.

Mein Verlag hatte das Buch jedoch bereits im Katalog angekündigt, und ich sollte im Rahmen der Leipziger Buchmesse daraus lesen. Auch diese Lesung war bereits annonciert; einzig das Buch fehlte.

Der Verleger bat mich, dennoch zu lesen, dann eben aus einem anderen Buch. Er würde in seiner Anmoderation erklären, dass es unerwartete Verzögerungen beim Druck gegeben habe, weshalb die Leser sich noch gedulden müssten und ich daher einen anderen Text lesen werde.

Nach der Veranstaltung kam ein junger Mann auf mich zu und sagte halblaut zu mir, wenn ich jenes Buch, aus dem ich gelesen hätte, signieren und ihm schenken würde, so würde er mir im Gegenzug meinen neuen Roman, *Horns Ende*, übergeben.

Ich lachte und fragte, wie das denn gehen solle, der Roman sei ja noch nicht erschienen.

Er lächelte nur und meinte, ich solle ihm einfach das signierte Buch geben, er werde sein Versprechen schon einhalten.

Ich setzte meine Unterschrift auf das Titelblatt und reichte ihm mein Buch. Er dankte, griff in seine Tasche und übergab mir im Gegenzug ein Buch mit dem Titel *Der Geist des Llano Estacado* von Karl May.

Ich sah den jungen Mann irritiert an. Er lächelte nur und klappte dann mit einem Finger das Buch auf. Auf dem inneren Titelblatt stand mein Name, darunter: *Horns Ende*. Ich blätterte den Buchblock durch, tatsächlich schien es mein vollständiger Roman zu sein, allerdings umhüllt mit einem fremden Cover.

Ich fragte ihn, woher er das Buch habe, doch er schüttelte nur leicht den Kopf, bedankte sich für das signierte Buch und verschwand.

Mein Verleger hatte neben mir gestanden und alles mitbekommen. Er war ganz aus dem Häuschen, lachte laut auf. Er meinte, es gebe nur eine Erklärung dafür. Er hatte den Druck bereits in Auftrag gegeben gehabt, aber die Anordnung, den Buchblock zu binden, bisher unterlassen, da wir noch immer auf die Druckgenehmigung warteten. Er sei sicher, einer der Drucker habe zum ausgedruckten Buchblock von *Horns Ende* in seiner Druckerei nach einem in der Größe passenden Einband gesucht, dann den Buchblock und das ›falsche‹ Cover in die Bindemaschine gelenkt und die Maschine für ein oder zwei Sekunden laufen lassen. Da die modernen Anlagen sehr effektiv und schnell arbeiteten, sei nicht nur ein einziges gebundenes Exemplar herausgekommen, sondern sicher mehr als ein Dutzend. Es könne also gut sein, dass mein neuer und verbotener Roman in einigen Buchhandlungen unter dem Namen Karl May zu finden sei. Und wieder lachte er vergnügt auf.

Ich dagegen war erschrocken, erinnerte ich mich doch augenblicklich daran, dass die Kommunistische Partei während der Nazizeit ihre Aufrufe, Parteitagsreden und Manifeste unter Lebensgefahr drucken und verbreiten ließ, wobei sie die Texte mit einem irreführenden Titel tarnte, beispielsweise *Guter Rat für jeden Gartentag*, also als ein Handbuch für Schrebergärtner maskierte. Und nun hatte mein Roman in ähnlicher Camouflage den Weg zu den Lesern gefunden. Mir war bewusst, dass die westlichen Zeitungen, sollten sie davon Wind bekommen, diese Eskapade höhnisch kommentieren würden, und dann würde mein Roman hierzulande nie erscheinen können.

Diese Sorge hielt mich freilich nicht davon ab, Familie und Freunden von diesem höchst ungewöhnlichen Vorfall zu erzählen, woraufhin diese die Buchhandlungen nach *Der Geist des Llano Estacado* durchforsteten.

Ein ganzes Jahr später hatten wir für *Horns Ende* noch immer keine Druckgenehmigung, was meinen Verleger ebenso verbitterte wie mich, so dass er sich seinerseits zu einem einzigartigen Vorgehen entschloss. Er rief in der Druckerei an, sagte, er habe nun endlich grünes Licht bekommen, das Buch möge gebunden und endlich ausgeliefert werden. Für die Druckerei gab es nach der Anweisung des Verlegers keinen Grund, die Freigabe durch die Zensur in Frage zu stellen. Man druckte, fünf Tage später lag *Horns Ende* in den Buchhandlungen und weitere vierundzwanzig Stunden später – und noch ehe die Hauptverwaltung Verlage und der Ideologiechef davon etwas mitbekommen hatten – war die gesamte Auflage verkauft und vergriffen.

Nun ging es um den Kopf des Verlegers. Er wurde ins Hohe Haus zitiert, in das Zentralkomitee der Partei, und dort wüst angebrüllt und beschimpft. Nie im Leben, sagte er mir, habe er sich vorstellen können, derart behandelt zu werden.

Doch es ging anders aus, als zu erwarten gewesen war. Er

wurde nicht abgesetzt, das Hohe Haus scheute wohl die feindseligen oder bitteren Reaktionen der westlichen Presse. Ein gängiges Ondit in dem kleinen und mittlerweile untergegangenen Ländchen lautete: Die Kulturpolitik der DDR wird von einigen Leuten im Zentralkomitee der SED und von der westdeutschen Zeitung FAZ bestimmt. Das rettete ihm den Kopf.

Jahre später erschien dann eine zweite Auflage des Romans. Erst nach dem Ende des deutschen Teilstaates samt der für die Zensur zuständigen Hauptverwaltung Verlage und des einst allmächtigen Politbüros konnte der Roman in einer Auflagenhöhe erscheinen, die sich an den Bestellzahlen der Buchhändler orientierte und nicht an staatlichen Vorgaben.

Die erste Auflage des Romans erschien verbotenerweise und ohne Genehmigung. Für die zweite Auflage eine Genehmigung einzuholen, hätte nur schlafende Hunde geweckt, auch sie schmuggelte sich an der Zensur vorbei. Damit wurde *Horns Ende* ein Roman, der in der DDR ohne Genehmigung erschien, und es war wohl das einzige Buch, das sich in dem Ländchen eines Tarnmäntelchens bediente, um auf die Welt zu kommen.

EIN SEHR KRANKER MANN

Der Verkauf von Lizenzen – für die Übersetzung und Publikation von Büchern –, zumal in die westliche Welt, war für den Staat einerseits erfreulich, nahm er doch ersehnte Devisen ein und wechselte die Anteile von Verlag und Autor eins zu eins in DDR-Geld, andererseits war den Behörden der Verkauf von Lizenzen unerwünscht und lästig, luden doch die ausländischen Verlage den Autor dann häufig zu einer Lesereise ein, was das Ausstellen eines Reisepasses an ihn erforderlich machte. Der Staat scheute davor zurück, seinen Bürgern einen gültigen Pass auszuhändigen, mit dem diese das Land verlassen konnten. Das Aushändigen eines solchen Dokuments erschien den Staatsbeamten gefährlich, unstatthaft und im Grunde strafbar. Ihnen erschien es wohl wie die Vorbereitung eines niederträchtigen, konterrevolutionären Akts, der die Existenz der Republik gefährden könnte.

Doch die Behörden wussten diesen gordischen Knoten zu lösen, und das nicht weniger rabiat als seinerzeit Alexander der Große. Man stellte nach Möglichkeit dem Autor die Einladung gar nicht zu und teilte stattdessen dem ausländischen Verlag mit, der Autor reise grundsätzlich nicht oder er sei an einem Aufenthalt in dem einladenden Land nicht interessiert oder er sei erkrankt.

Zu meinen ersten Buch- und Theaterpremieren in Frankreich durfte ich nicht fahren, man verweigerte mir einfach den Pass. Der französischen Seite wurde mitgeteilt, der Autor sei bettlägerig und nicht transportfähig. Meine französischen Leser lachten schon höhnisch auf, wann immer meine Übersetzerin Nicole Bary bei Lesungen erklärte, die Botschaft der DDR habe mitteilen lassen, der Autor sei erkrankt.

Ende der Achtzigerjahre jedoch rief der französische Kulturminister Jack Lang ein Literaturfestival namens *Les Belles Étrangères* ins Leben, um die Franzosen nachdrücklich mit der zeitgenössischen Literatur anderer Länder bekannt zu machen.

Der Chef vom Directeur du Livre im Pariser Kulturministerium suchte daher gemeinsam mit einer Kennerin der deutschen Literatur die Botschaft der DDR auf, um das Festival vorzustellen, die offizielle Einladung zu übergeben und eine Liste der einzuladenden Autoren abzustimmen. Jack Lang legte Wert darauf, nur Autoren einzuladen, deren Werke auf Französisch vorlagen, zu denen gehörte auch ich. Doch der Beauftragte der Botschaft ließ Monsieur Lang wissen, Herr Hein habe keinerlei Interesse daran, nach Frankreich zu reisen.

Die Mandatsträger der Botschaft waren sicherlich Gesandte, aber keine Geschickten, sie hatten übersehen, dass es in Europa zu dieser Zeit bereits Telefone gab. Mit einem einzigen Anruf des französischen Kulturministeriums bei mir konnte mein angebliches Desinteresse als Erfindung der Botschaft aus der Welt geschafft werden.

In der Botschaft gab es daraufhin versteinerte Mienen, die Atmosphäre wurde frostig, man gab der französischen Seite zu verstehen, man müsse in Ostberlin anfragen, bis auf Weiteres könne man der Liste der gewünschten Autoren nicht zustimmen.

Wochen später schickte die Botschaft dann eine Liste jener Autoren, die der Gastgeber Frankreich einzuladen habe. Darauf fand sich kein einziger der Autoren, die das französische Kulturministerium auf die ursprüngliche Liste gesetzt hatte.

Nun wurde wochenlag hin und her verhandelt, eine Einigung wurde immer unwahrscheinlicher. Der Chef vom Directeur du Livre reiste daraufhin mit der Kennerin der deutschen Literatur nach Ostberlin, und gemeinsam mit einem Beauftragten der dortigen französischen Botschaft konnte man sich schließlich mit dem ostdeutschen Kulturministerium und dem Schriftstellerverband der DDR auf eine Auswahl von Autoren einigen. Gegen eine Aufnahme meines Namens auf die Liste verwahrte sich das Ministerium jedoch nach wie vor.

Jack Lang entschied daraufhin, dass ich dennoch eingeladen werden sollte, als Gast der französischen Republik.

An dem Tag, als die einvernehmlich ausgewählte kleine Gruppe von Schriftstellern vom Ostberliner Flughafen Schönefeld nach Paris flog, passierte ich mit einem von der französischen Seite erwirkten Visum ein Türchen in der Mauer, fuhr zum Westberliner Flughafen Tempelhof und flog von dort aus nach Paris, wo mich die anderen Kollegen aus der Heimat teils erfreut und belustigt, teils grimmig begrüßten.

Les Belles Étrangères wurde ein Erfolg – für mich war meine Teilnahme aber nicht ganz unanstrengend, denn soviel Freundlichkeit mir von Seiten meiner französischen Leser entgegenschlug, so viel Misstrauen brachte mir zumindest einer meiner deutschen Kollegen entgegen.

Wir reisten auf denselben Wegen zurück, die Kollegen mit einer Maschine der Interflug nach Berlin-Schönefeld und ich mit der Air France nach Tempelhof.

Fortan wurde mir ab und an ein Visum für Reisen ins westliche Ausland ausgestellt, und einmal wurde ich sogar zu einer Lesung ins Pariser Kulturzentrum der DDR eingeladen. Da kaum eine Handvoll der ostdeutschen Autoren in Frankreich verlegt wurden, hatte das Kulturzentrum Ostdeutschlands zunehmend Schwierigkeiten, seinen Besuchern zu erklären, wieso man im Kulturzentrum nur Autoren vorstelle, deren Werke in Frankreich nicht erschienen, aber jene, deren Bücher man in französischen Übersetzungen kaufen konnte, nie dort zu sehen und zu hören waren.

Ich war also höchst überrascht, als eine Einladung des Kulturzentrums der DDR in Paris bei mir eintraf, und ich war gewiss, dass ich diesmal auf jeden Fall auch den notwendigen Pass erhalten würde. Tatsächlich wurde mir das seltene und kostbare Dokument ausgehändigt, sogar bereits vierzehn Tage vor dem Reisetermin. Wer einen solchen Pass mit gültiger Ausreisegenehmigung in den Händen hielt, fühlte sich wie ein Weltbürger, wenngleich er wusste, dass diese Legitimation ihm nicht helfen konnte, die nicht frei konvertierbare DDR-Währung in Dollar, D-Mark, Franc oder Yen einzutauschen, ein Umstand, der ein weltbürgerliches Auftreten empfindlich einschränkte.

Mein Pass war ausgestellt, das Reiseticket gekauft, doch da wurde ich krank, sogar sehr krank, und musste dem Kulturzentrum und meiner Übersetzerin Nicole Bary mitteilen, ich könne leider nicht kommen.

Tage später rief mich Nicole Bary an und erzählte, die Pariser Botschaft der DDR habe ihr mitgeteilt, dass ich krank sei, und habe sie zudem gebeten, sie möge das am Tage der Veranstaltung dem Publikum mitteilen.

Als sie erstaunt darauf hinwies, dass das Kulturzentrum dies dem Publikum doch selber mitteilen könne, erwiderte der Mitarbeiter der Botschaft verlegen: »Ach, liebe Frau Bary, das haben wir schon zu oft gesagt.«

Sie hätte daraufhin aufgelacht und erwidert, ja, Heins französische Leser müssten wohl den Eindruck haben, ihr verehrter Autor sei ein sehr, sehr kranker Mann.

Nicole Bary ist am besagten Abend also im Kulturzentrum erschienen und hat dem Publikum meine Abwesenheit erklärt. Doch zum Entsetzen des Leiters des Kulturzentrums fügte sie diesem erbetenen Bescheid den Satz hinzu: »Diesmal ist er wirklich krank.«

EIN BRÜCKENKOPF

Einige Wochen nachdem ich auf Einladung des französischen Kulturministers Jack Lang nach Paris geflogen war, obwohl die DDR diese Reise mit Lügen und einem wiederholt vorgetragenen Veto zu verhindern gesucht hatte, gab es ein Treffen des obersten Ideologiechefs der DDR mit dem Präsidenten des ostdeutschen Schriftstellerverbandes.

Erst Jahre später erfuhr ich von diesem Gespräch und bekam das Protokoll zu lesen, das Wissenschaftler in den Akten der Archive des verblichenen Staates und der alles anführenden Partei entdeckt hatten.

Bei dieser Zusammenkunft hatte der Präsident des Schriftstellerverbandes zu dem allgewaltigen Politiker des Zentralkomitees der Staatspartei gesagt, er habe beim Lesen der westdeutschen Presse – ein Privileg, das er offenbar besaß – den Eindruck gewonnen, in der DDR gäbe es aus westlicher Sicht nur einen einzigen wichtigen Schriftsteller, diesen Herrn Hein. Besorgt gebe er angesichts des für ihn sehr befremdlichen und verdächtigen Engagement des französischen Kulturministers Lang für jenen Kollegen zu bedenken, ob der Westen nicht möglicherweise diesen Hein als einen »Brückenkopf« aufbauen wolle.

Beim Lesen dieses Protokolls fröstelte mich. Ein sogenannter »Brückenkopf« ist ein militärischer Terminus, ein Fachbegriff der Spionage und Gegenspionage, und bezeichnet das geheime Einschmuggeln eigener Kombattanten oder das Anwerben einer Person auf feindlichem Gebiet. Dreißig, vierzig Jahre zuvor hätte bereits ein solcher von höherer Stelle geäußerter Verdacht mich auf kürzestem Wege nach Sibirien gebracht.

Der oberste Ideologiechef der DDR, ein älterer Mann und Veteran des Spanischen Bürgerkriegs, hat – dem Protokoll nach zu urteilen, denn das Gespräch wurde mitgeschrieben, was auf einen offiziellen Charakter dieser Besprechung verweist – auf diesen Hinweis nicht reagiert. Mit keinem einzigen Wort ging er auf diese Anregung des Präsidenten des Schriftstellerverbandes ein.

Möglicherweise schwieg er, weil er so alt war, dass er jene grauenvollen Jahrzehnte noch miterlebt hatte, in denen ein solcher Verdacht furchtbare und mörderische Folgen zeitigen konnte, und er sich nur mit Scham und Schrecken dieser Zeit erinnerte.

SUSANNA

Mit siebzehn war ich unglücklich verliebt in Susanna. Sie war einundzwanzig und hatte für mich und meine Liebe nur ein freundliches Lächeln übrig. Ich war zu jung für sie und zu unbedeutend. Zudem hatte sie, schön wie sie war, Verehrer, die bereits etwas darstellten.

Sie war nicht nur besonders schön, sondern auch sehr begabt, und da sie ihre Arbeit – sie war Zahntechnikerin an der Charité – nicht nur gewissenhaft und verlässlich verrichtete, sondern sich als umsichtig und aufgeweckt erwiesen hatte, war sie zu einer besonders geschätzten Mitarbeiterin geworden. Sie arbeitete bei einem Professor, der eine völlig neuartige Technik entwickelte, bei der Prothesen auf Implantaten befestigt werden. Diese Schraubenimplantate waren damals noch in der Versuchsphase, der Professor wie die Leitung der Charité wussten, dass zwei Institute in den USA sowie ein Forschungslabor in Hamburg gleichfalls mit der Entwicklung der Technik befasst waren, und hatten daher diesem Projekt Priorität eingeräumt.

Die junge Technikerin war dem Professor aufgefallen und er hatte ihr die gesamte Organisation seiner Arbeitsgruppe übertragen. Susanna galt in der Charité als seine rechte Hand und wurde weit besser bezahlt als ihre Kolleginnen und Kollegen.

Wann immer ich sie besuchte, hatte sie Zeit für mich und hörte interessiert, was ich ihr erzählte, doch blieb ich für sie nur ein Kamerad, der sich mit einem Wangenkuss zu begnügen hatte. Meine Annäherungsversuche wehrte sie ab, die größte Intimität war, dass ich ihr einmal den Büstenhalter verschließen durfte. Und das war – obwohl ich mit meinen siebzehn Jahren nicht völlig unerfahren war – mein erregendstes Erlebnis in jenem Jahr.

All meine Annäherungsversuche blieben vergeblich. Ein paar Jahre später verschwand Susanna, es hieß, sie sei von einem Münchner Geschäftsmann über Prag und Belgrad nach Westdeutschland geschleust worden.

Jahrzehnte später sah ich sie wieder. Ich hatte eine Lesung in München, und der Veranstalter übergab mir einen Brief. Er war von Susanna. Sie schrieb, sie könne nicht zu meiner Lesung kommen, da ihr Mann an diesem Tag Geburtstag habe und ihn mit ihr und seinen Freunden feiere, und bat mich, nach der Lesung bei ihnen vorbeizukommen. Sie würde mich gern sehen, und wenn auch an diesem Abend eine größere Gesellschaft in ihrem Haus sei, hätte sie sicher Zeit für mich.

Nach der Lesung fuhr ich mit einem Taxi zu ihr. Die angegebene Adresse erwies sich als eine Villa aus den Gründerjahren, fast alle Fenster waren erleuchtet. Ich klingelte, ein Dienstmädchen mit einer Trachtenschürze öffnete und brachte mich in das Zimmer, wo Susanna sich aufhielt. Sie begrüßte mich herzlich, zog mich in eine Ecke des Raums, wir setzten uns und erzählten einander, wie es uns ergangen war.

Susanna hatte vor zwanzig Jahren einen Freund jenes Geschäftsmannes geheiratet, der sie mit Hilfe eines Diplomatenpasses über die Grenze gebracht hatte, Kinder habe sie leider nicht und auch den Beruf habe sie auf Wunsch ihres Gatten aufgeben müssen, was sie bedauere, aber ihr Mann habe viele Verpflichtungen, bei denen sie häufig an seiner Seite sein müsse.

Wir waren noch im Gespräch, als ihr Mann ins Zimmer kam und sie zu sich rief. Sie nahm mich an der Hand und stellte mich vor. Desinteressiert hörte er sich an, was sie ihm über mich erzählte, nickte mir zu und ging dann mit ihr in einen anderen Raum. Ich lief durch die große Wohnung und betrachtete die gediegene, kostbare Ausstattung. Von den Gästen kannte ich keinen und keiner kannte mich, so dass ich mir unbehelligt Susannas Haus ansehen konnte.

In einem Raum mit einem riesigen Tisch – der Küche – war das Buffet aufgebaut, dahinter ein Dienstmädchen, das einem gerne servierte. Ich ließ mir einen trockenen Weißwein geben sowie auf einem kleinen Teller Artischocken und kleine Fleischklößchen.

Ich stand noch in der Küche, als Susannas Mann mit einem Freund erschien, mir wiederum desinteressiert zunickte und sich weiter mit seinem Freund unterhielt. Als ich mit dem Glas in der Hand an ihnen vorbeiging, hörte ich, wie der Freund ihn fragte, was eigentlich Susanna ihm geschenkt habe.

»Einen englischen Staubmantel«, sagte Susannas Mann, »feines, feines Tuch.«

Dann lachte er plötzlich auf und fügte hinzu: »Was uns unsere Frauen von unserem Geld nicht so alles schenken, nicht wahr!«

Und dann lachten beide laut und herzlich. Sie amüsierten sich prächtig.

Ich suchte Susanna und verabschiedete mich. Sie küsste mich auf die Wange und sagte: »Gib mir Bescheid, wenn du das nächste Mal nach München kommst. Meine Adresse hast du ja.«

Als ich hinaustrat, schaute sie mir nach, an der Straßenecke blieb ich stehen und winkte ihr. Sie warf mir einen Luftkuss zu und ging zurück ins Haus. Am nächsten Morgen war ich um acht Uhr zwanzig am Hauptbahnhof und fuhr nach Berlin zurück.

ABSICHERUNG DER LINIE SCHRIFTSTELLER

Für den November 1987 wurde der X. Kongress des Schriftstellerverbandes der DDR einberufen. Was damals keiner wusste: Es sollte der letzte sein. Vier Jahre später gab es noch einen Außerordentlichen Schriftstellerkongress, aber da befand sich der übergeordnete Staat bereits in seiner Auflösung und diejenigen, die jahrzehntelang den Vorsitz bekleidet oder als Erste Sekretäre fungiert hatten, saßen zähneknirschend in ihren Landhäusern.

Ich war bereits einmal zu einem dieser Kongresse eingeladen worden, zum IX., und obwohl ich mich damals fürchterlich gelangweilt und mir geschworen hatte, nie wieder an einem solchen Kongress teilzunehmen, sagte ich bei der erneuten Einladung zu.

Der Verband der Schriftsteller wie auch seine Versammlungen unterlagen der Rechtsaufsicht des Ministeriums für Kultur, die politische Anleitung erfolgte durch das Zentralkomitee der SED und die sogenannte »Absicherung der Linie Schriftsteller« wurde vom Ministerium für Staatssicherheit übernommen. Alles nicht eben überzeugende Gründe, dorthin zu fahren, andererseits konnte ich einige geschätzte Kollegen treffen, einen Thüringer Lyriker, einen Romancier aus der Lausitz, einen Erzähler von der Ostseeküste. Die Aussicht, mit ihnen die eine und andere Flasche Wein zu leeren, und uns dabei in Sottisen über einige der willfährigen Kollegen zu ergehen, schien mir Grund genug, zumindest für einen Tag an dem Kongress teilzunehmen.

Einige Monate zuvor kam eine der hauptamtlichen Mitarbeiterinnen des Verbandes auf mich zu, um zu fragen, ob ich eins der Hauptreferate halten könne.

Ich war überrascht, gehörte ich doch aus Sicht des Vorstands und des Ersten Sekretärs nicht zu den förderungswürdigen Mitgliedern, für die man Auslandsreisen organisierte oder denen man einen Platz in einem Erholungsheim des Verbands anbot. Ich erkannte jedoch die Chance, einige Probleme der Gesellschaft und des Staates anzusprechen, und sagte zu.

Ich setzte mich bald an mein Skript, denn ich hatte eine ganze Menge anzumerken. Mir waren zwanzig Minuten Redezeit zugestanden worden, doch als mein Referat fertig war, sah ich, dass ich wohl eine ganze Stunde für meine Philippika benötigen würde. Damit man mich nicht nach zwanzig Minuten vom Rednerpult verjagte, musste mein Vortrag die Kollegen von Anfang an so fesseln, dass ihr Protest gewiss war, sollte man mir das Wort entziehen.

Anfang November kam ein Anruf, ich wurde gebeten, das Manuskript meines Referats einzureichen. Es solle noch vor Beginn des Kongresses übersetzt werden, damit mir auch die Gäste aus dem Ausland folgen könnten.

Nachtigall, ick hör' dir trapsen, dachte ich. Und zwar ziemlich laut. Ich ließ die Anruferin wissen, dass das Skript noch nicht fertig ausgearbeitet sei.

Eine Woche später forderte man mich erneut auf, den Text einzureichen, und als ich wiederum abblockte, erschien drei Tage später eine Frau bei mir, um mein Skript für die Übersetzer abzuholen. Ich wiederholte gebetsmühlenartig, ich säße noch am Text, würde aber beizeiten fertig sein.

Vier Tage vor Beginn des Kongresses rief mich der Erste

Sekretär des Verbandes an, um mir mitzuteilen, dass man an meiner Stelle einen anderen Kollegen bitten werde, das Referat zu halten, sollte ich nicht umgehend und spätestens am nächsten Vormittag mein Redeskript einreichen.

Ich entgegnete, ich sei fertig, mein Skript könne umgehend abgeholt werden. Eine Stunde später erschien wieder jene Frau, und ich drückte ihr einen Text in die Hand.

Wenige Stunden später kam ein Anruf. Es war der Verbandspräsident höchstpersönlich. Er zeigte sich fassungslos über meinen Text, er verstehe nicht, was ich da eigentlich sagen wolle, dem Skript scheine jeglicher Zusammenhang zu fehlen. Ich wies ihn darauf hin, dass es sich lediglich um Stichpunkte handle, da ich beabsichtige, frei zu sprechen. Er war verstimmt, insistierte jedoch nicht weiter.

Tatsächlich hatte ich meine vollständig ausformulierte Rede nach der Drohung, mich von der Rednerliste zu streichen, ein zweites Mal ausgedruckt, zuvor aber heftig massiv und unsystematisch zusammengestrichen, dabei aber vor allem jene Worte getilgt, die verraten könnten, worüber ich eigentlich sprechen wollte. Ich arbeitete schon damals am Computer, und auf dem Ausdruck sah man die Streichungen nicht.

Der Schriftstellerkongress wurde eröffnet. In den Begrüßungsreden feierte man sich selbst und die anwesenden Autorinnen und Autoren, rühmte ihre gewaltigen literarischen Leistungen und nannte sie »die Avantgarde des gesellschaftlichen Fortschritts«.

Ich dachte daran, um das Wort zu bitten, um den Kollegen jene Definition des Begriffs »Avantgarde« mitzuteilen, wie sie der Militärstratege von Clausewitz einst formulierte. In seinem Werk *Über das Kriegshandwerk* schreibt er: »Die Avantgarde hat die Aufgabe, als Vorhut den geordneten Rückzug der Streitkräfte zu gewährleisten. Dieses hat verantwortlich und mit der gegebenen Umsicht zu geschehn.«

Ich unterließ es, wollte ich doch keine Redezeit verschwenden, da ich noch einen längeren Text vorzutragen hatte.

In der ersten Pause sprach mich ein Freund an, den man ebenso wie mich um einen Redebeitrag gebeten hatte. Im Unterschied zu mir hatte er diesen jedoch wie verlangt vorab eingereicht – was zur Folge hatte, dass man ihm mitteilte, sein Beitrag müsse aus Zeitgründen bedauerlicherweise entfallen. Er fragte, ob ich meine Rede auch zuvor eingereicht hätte, was ich bestätigte, mit dem Zusatz: »Teilweise jedenfalls.«

Ich bat später den Leiter meiner Arbeitsgruppe, diesem Freund doch noch ein Forum für seine Rede zu geben, und er konnte sie so immerhin einem kleineren Kreis zu Gehör bringen.

Am zweiten Tag stand meine Rede auf dem Programm. Ich sprach fast eine Stunde und wurde nicht unterbrochen.

Ich referierte darüber, dass die Zeit der Zensur überholt sei, und legte dar, warum sie nicht nur nutzlos und willkürlich, sondern geradezu menschenverachtend, volksfeindlich, ungesetzlich und daher strafbar sei. Ich konstatierte, dass die Verlage des Landes keiner staatlichen Aufsicht bedurften, und dankte ironisch der Presse und den Medien des Landes, weil ihre mangel- und lückenhafte Berichterstattung geradezu eine Aufforderung an die Leser sei, nicht zu einer Zeitung, sondern eher zu einem unserer Bücher zu greifen.

Kaum hatte ich geendet, sprang sofort der Präsident auf und protestierte heftig. Ich hätte, sagte er, die Verleger des ganzen Landes beleidigt und sie als unfähig dargestellt, das lasse er nicht zu.

Ich war überrascht und setzte zu einer Erwiderung an,

man entzog mir jedoch das Wort. Also sprach ich kurz darauf den Präsidenten unter vier Augen an und wies ihn darauf hin, dass ich das genaue Gegenteil dessen gesagt hätte, was er mir vorgeworfen habe.

Der Präsident klopfte daraufhin auf das Hörgerät in seinem Ohr, sagte: »Da hat mir dieses verfluchte Gerät einen Streich gespielt«, und ging eilig davon.

Ich schaute ihm nach und benötigte ein paar Sekunden, um zu begreifen, was ich da gerade gehört hatte.

Wer in dem Staat eine wichtige Leitungsfunktion hat, der mag das eine oder andere körperliche Gebrechen haben, nur er muss immer gut sehen und gut hören können, denn er muss alles sehen und alles hören, um nicht seinen bedeutenden Posten aus Unaufmerksamkeit zu verlieren.

Nein, Männern wie ihm entgeht nichts. Der Präsident hatte nur zu gut gehört, was ich gesagt hatte. Und ihm muss klar gewesen sein, dass er mir nicht das Wort entziehen konnte, da die Kollegen konzentriert lauschten und gegen sein Einschreiten sicher massiv protestiert hätten. Und im Anschluss an meine Rede lautstark zu verkünden, es gäbe in der DDR überhaupt keine Zensur, hätte das Publikum mit Hohngelächter quittiert. Denn vermutlich hatten alle Kollegen das Wirken der Zensur erfahren, die meisten von ihnen hatten sich ihrem Druck ergeben oder ihren Text in der Schublade lassen müssen, ein paar andere wussten um die Existenz einer Zensurbehörde, weil sie als willige Helfershelfer ihr gedient hatten. Der Präsident hatte folglich keine Chance, den Inhalt und die Substanz meiner Rede anzugreifen und zurückzuweisen.

Und da verstand ich: Der Präsident war in der Bredouille. Ihm blieb nur eine Möglichkeit, er musste zumindest für das

Protokoll, das seine Vorgesetzten sicher sorgfältig studieren würden, auf meine Rede reagieren.

Sein unsinniger Protest war für das Protokoll gedacht. Nur so würde er das Gesicht weder vor den anwesenden Schriftstellern noch vor seinen Obersten verlieren. Und so gab er diesen völlig haltlosen, aber wohldurchdachten Kokolores von sich, der ihm aus der Bredouille helfen konnte, sowohl vor den versammelten Schriftstellern wie auch bei seinen oberen Gönnern und allgewaltigen Chefs.

Wenn er oder andere mündlich oder schriftlich an höherer Stelle Bericht zu erstatten haben, wird da vermeldet, Hein habe eine hetzerische und staatsverleumderische Rede gehalten, doch der Präsident des Verbandes sei sofort und vor allen anderen aufgesprungen, um heftig dagegen zu protestieren. Dass er gegen etwas protestierte, das gar nicht gesagt worden war, musste in diesen Berichten nicht erwähnt werden.

Zum Abschluss des Kongresses berichteten Kollegen in einer Vollversammlung aller Teilnehmer, bei der auch Vertreter der Regierung anwesend waren, über die Arbeit der einzelnen Gruppen. Ein Potsdamer Autor trug eine Zusammenfassung über jene Arbeitsgruppe vor, in der ich das Hauptreferat gehalten hatte, und er erzählte Nonsens über mich und meine Rede. Der Kollege war zu feige, vor den Kollegen und den Vertretern der Regierung auch nur die Themen zu erwähnen, über die ich gesprochen hatte. Er hätte ein so fürchterliches Wort wie Zensur aussprechen müssen, eine staatliche Überwachung, die es offiziell in der DDR überhaupt nicht gab. Er hätte bei einem wahrheitsgemäßen Bericht sagen müssen, dass ich über das Verbot missliebiger Bücher und Schriften gesprochen habe, und vermutlich befürchtete er ein Stirnerunzeln der anwesenden Allmächtigen. Also log auch er.

Eine Wortmeldung von mir war in dem Plenum nicht möglich. Ich konnte mir erst nach dem Ende der Versammlung diesen Lügenbeutel greifen und ihn fragen, wieso er solche unverschämten Dummheiten über mich berichtet habe. Da dieser Kollege keine Hörhilfe im Ohr trug, konnte er seine Verleumdungen nicht mit dem technischen Versagen eines Geräts erklären.

Seine Antwort war für mich verblüffend. Als hätte er meine Frage bereits erwartet, sagte er, ohne auch nur einen Moment zu zögern: »Sie können mir eine runterhauen.«

Er wusste also, wie schäbig er sich verhalten hatte. Sein ihn entlarvendes Angebot, ihn zu ohrfeigen, lehnte ich ab, ich hätte ihn dabei berühren müssen. So unverstellt und offen habe ich eine Verlogenheit nie zuvor und nie danach erlebt.

Noch während der Kongress andauerte, bot ich mein Redeskript sowohl einer Freundin von der *ZEIT* zum Abdruck an als auch den beiden ostdeutschen Zeitungen *Neues Deutschland* und *Sonntag*.

Der *Sonntag* meldete sich einen Tag später und sagte, man halte den Text zwar für sehr wichtig, sehe sich aber bedauerlicherweise nicht in der Lage, ihn zu veröffentlichen. Auch das *Neue Deutschland* meldete sich, man kündigte mir den Besuch mehrerer Redakteure an. Einige Tage später erschienen drei Herren der Chefredaktion bei uns zu Hause, setzten sich nebeneinander aufs Sofa und sagten, sie sähen die Situation des Landes ähnlich kritisch wie ich, hätten nichts an meiner grimmigen Philippika auszusetzen – aber dass eine solche Rede in ihrem Zentralorgan erscheine, das sei völlig ausgeschlossen.

Ich rief die Freundin von der *ZEIT* an, erteilte ihr die Druckfreigabe, und eine Woche später erschien dort ungekürzt meine mehrere Seiten umfassende Rede.

Es dauerte mehr als ein Jahr, bevor der Text als Teil des Tagungsprotokolls in der DDR in winziger Auflage erscheinen durfte – doch an den Universitäten hatten sich Dozenten wie Studenten meinen Redetext unmittelbar nach Erscheinen in der *ZEIT* verschafft.

Das Zitieren aus westlichen Zeitungen war verpönt und konnte für einen Studenten schlimmstenfalls zur Relegation führen, doch meine Rede war eins der Hauptreferate, und man konnte zwar vorerst eine Veröffentlichung des gesamten Skriptes in der Presse der DDR verhindern, aber das Zitieren einzelner Sätze oder auch seitenlanger Passagen aus einer Rede, die ja schließlich im Rahmen eines staatlichen Kongresses gehalten wurde, konnte schwer als Straftatbestand gewertet werden, und so konnten sie mich unbesorgt und ungestraft zitieren.

Meine Rede wurde übrigens in mehrere Sprachen übersetzt und in mehreren Ländern veröffentlicht – auch wenn das sicher nicht das war, was der Vorstand des Schriftstellerverbandes ursprünglich im Sinn gehabt hatte, als man mir ankündigte, man wolle meine Rede übersetzen lassen.

NARREN, IDIOTEN UND VERBRECHER

1987 beendete ich – nach mehreren Fassungen, die über einen längeren Zeitraum entstanden waren – das Stück *Die Ritter der Tafelrunde* und gab es meinem Bühnenvertrieb. Wenige Wochen später teilte der Verlag mir mit, es bestünde großes Interesse von Seiten der Theater, und Ende des Jahres sah es so aus, als würden sämtliche Bühnen der DDR es aufführen. Doch bald darauf informierte ein Theater nach dem anderen den Verlag, man habe keine Aufführungsgenehmigung erhalten und könne daher das Stück nicht inszenieren.

Auch ein Berliner Theater beabsichtigte, das Stück auf die Bühne zu bringen. Die Vorbereitungen waren angelaufen, die Besetzung stand fest, und es gab bereits ein Plakat für die Inszenierung, ein besonders eindrückliches und gelungenes Plakat von Volker Pfüller, das schönste Plakat, das je für eins meiner Stücke warb.

In Berlin hatte der Theaterzensor noch nicht entschieden, er ließ das Theater im Unklaren, doch der Regisseur erschien bei mir und bat mich, ihm zu garantieren, dass seine Inszenierung meines Theaterstücks nicht verboten werde.

Ich lachte und sagte, er wisse selbst, dass ich eine solche Garantie nicht geben könne, woraufhin er erklärte, dann breche er die Inszenierung ab, er könne nicht Wochen und Monate an einer Aufführung arbeiten, die keiner zu sehen bekomme.

Das wundervolle Plakat klebte nie an den Litfaßsäulen der Stadt. Das einzig existierende Exemplar hängt seitdem in meiner Küche.

Schließlich wagte nur ein einziges Theater, mein Stück zu inszenieren. Der Dresdener Intendant Gerhard Wolfram war entschlossen, das Drama auf seine Bühne zu bringen, und ließ sich durch die Behörden, denen er unterstellt war, nicht davon abbringen. Eine Aufführungsgenehmigung erhielt auch er nicht, aber er trotzte den Zensoren eine Probengenehmigung ab, ein einzigartiger Vorgang in dem kleinen Land.

Das war ein großes Wagnis für das Theater, denn wenn die Zensoren in die Generalprobe kämen, sich die Aufführung ansähen und dann den Kopf schüttelten, hätte das Schauspielhaus viel Zeit, Arbeit und Kreativität umsonst aufgebracht und wir, die Theaterleute, blieben auf einem Berg von Schulden und Vorwürfen, geplatzten Träumen und gescheiterten Hoffnungen sitzen.

Die Proben begannen, sie liefen gut, ich reiste ab und zu nach Dresden, um die Fortschritte der Arbeit zu sehen, und eines Tages war es so weit, die Generalprobe wurde angesetzt, zu der die Zensoren anreisten.

Die Damen und Herren stellten sich mir nicht vor. Der Regisseur sagte mir, fünf von ihnen kämen aus Dresden und vier aus Berlin. Sie setzten sich nebeneinander in eine Reihe und folgten regungslos dem Geschehen auf der Bühne. Nichts war ihren Gesichtern abzulesen, sie ließen nicht die winzigste Regung erkennen, ihre Mienen blieben starr, ihre Gesichter verschlossen.

Anschließend zogen sie sich ins Büro des Intendanten zurück. Wolfram bat mich hinzu, was den Zensoren nicht recht war, doch er bestand darauf, schließlich gehe es um meine Arbeit, da müsse ich anwesend sein.

Nur einmal hatte ich zwei dieser Aufsichtsbeamten gesehen. Damals hatte ich als Hausautor an der Volksbühne gearbeitet, die zu jener Zeit Benno Besson leitete. Ein Stück von mir wurde inszeniert und die Zensoren waren in eine der Hauptproben gekommen, um über die Aufführungsgenehmigung zu entscheiden. Nach der Probe gingen sie mit Besson in sein Büro, dieser bat mich hinzu, was die beiden Männer erfolglos zu verhindern suchten.

Missmutig nahmen die beiden meine Anwesenheit hin, kehrten mir jedoch den Rücken zu und wandten sich ausschließlich an den Intendanten. Selbst jene Fragen, die nur ich beantworten konnte, stellten sie Besson, worauf dieser lächelnd mit einer Handbewegung an mich verwies. Weiterhin abgewandt, hörten sie sich meine Antworten an. Mein Stück und die Inszenierung wurden schließlich verboten, und ich mutmaße, dass meine erzwungene Anwesenheit bei diesem Gespräch ihren Teil dazu beigetragen hat.

In Dresden war die Gesprächsrunde größer, neben den neun Zensoren aus Berlin und Dresden saßen der Intendant, der Regisseur und ich am Tisch. Das Gespräch verlief irrwitzig. Das Stück und die Inszenierung missfielen ihnen, sie stellten einen Angriff auf den Staat, seine höchsten Vertreter und die heiligen Grundwerte der sozialistischen Republik dar.

Ich widersprach. Ich sagte, in jedem Land der Welt reflektierte die zeitgenössische Kunst auch die gesellschaftliche und politische Situation. Doch meine »Artusrunde« nun schlicht mit der DDR-Regierung gleichzusetzen und damit meinen Märchenkönig Artus mit Erich Honecker, sei ja geradezu groteske Schönfärberei.

Das war mehr als gewagt, aber meine spitzfindige Sophistik verfing. Die Zensoren gingen auf diesen für uns heiklen Vorwurf nicht weiter ein, denn wenn sie das Stück als Parabel auf die herrschende Regierung einstuften oder gar Figuren des Stückes mit realen Personen in hohen Ämtern gleichsetzten, würde ein Aufführungsverbot wohl unweigerlich unsere Arbeit vernichten.

Schließlich erklärten die Berliner, über die Aufführung müsse Dresden und der Bezirk entscheiden. Die Dresdner widersprachen energisch: das Stück sei von nationaler Bedeutung, da zähle allein das Urteil des zuständigen Ministeriums.

Ich begriff, dass sich etwas verändert hatte. Die Zensoren hatten nicht mehr die Kraft, ein Verbot zu verhängen, aber auch noch nicht den Mut, beherzt eine Freigabe zu erteilen.

Mit diesem Patt endete die Sitzung. Der Intendant Gerhard Wolfram war zufrieden. Das befürchtete Aufführungsverbot war nicht ausgesprochen worden, eine Aufführungsgenehmigung wurde zwar nicht erteilt, aber damit konnte er leben. Er ordnete an, dass Stück werde vorerst ohne eine Premiere als Voraufführungen gespielt.

Und so drängten Abend für Abend die Besucher ins Theater, folgten im überfüllten Zuschauerraum atemlos dem Geschehen auf der Bühne und lauschten dem Urteilsspruch über die Allmächtigen des Staates: »Für das Volk sind wir ein Haufen von Narren, Idioten und Verbrechern.«

Bereits ein halbes Jahr später konnte man dieses Urteil auf den Transparenten der Demonstranten in Dresden lesen.

PROGRAMMTREU

In dem unruhigen Herbst des Jahres 1989, als es bereits im ganzen Land brodelte und in verschiedenen Städten gegen den Staat und die führende Partei demonstriert wurde, riefen Berliner Theaterleute zu einer Kundgebung am vierten November in Berlin auf. Obgleich die Künstler keine Möglichkeit hatten, ihren Aufruf über die staatlichen Medien zu verbreiten, und allein durch Flüsterpropaganda Ort und Termin bekanntgegeben werden konnte, kam es an jenem Samstagvormittag zu der größten Demonstration in der deutschen Geschichte.

Informatikstudenten haben viele Jahre später die Luftaufnahmen dieses Tages mittels Skalierung, Hochskalierung und Pixelerfassung ausgewertet und eine Teilnehmerzahl von 978 750 Menschen von ihren Computern errechnen lassen.

Nach den wochenlangen Montagsdemonstrationen in Leipzig und anderen Städten der DDR waren der Staatsrat und das Zentralkomitee der herrschenden Partei nervös geworden. Um ihre Herrschaft und ihre Regierungssessel zu retten, verkündeten sie fünf Tage später die Reisefreiheit für alle Bürger, worauf noch in derselben Nacht die schwer gesicherten und bisher unüberwindlichen Grenzanlagen überrannt wurden und die Auflösung des Staates begann.

Die Mauer fiel, der Ostblock löste sich auf, die Sowjetunion riss auseinander, eine Weltmacht verschwand, die bislang geltende Aufteilung der Welt in eine erste, zweite und dritte begann zu bröckeln und ein neues Imperium erhob sich im fernen Osten – Korrosionen, Wandlungen und Erneuerungen, die bis zum heutigen Tag anhalten und unser aller Leben auf dieser Erde immer wieder verändern.

Überraschenderweise hatte der neue Intendant des staatlichen Fernsehens am vierten November bereits eine Stunde nach Beginn der riesigen Kundgebung entschieden, das Millionentreffen auf dem Alexanderplatz von seinem Sender ausstrahlen zu lassen, so dass die Bürger des ganzen Landes über den Protest informiert wurden und an ihren Bildschirmen gleichsam daran teilnehmen konnten. Der Intendant ließ sich zudem mit seinem westdeutschen Kollegen, dem Vorsitzenden der Arbeitsgemeinschaft der öffentlich-rechtlichen Rundfunkanstalten der Bundesrepublik Deutschland, verbinden und bot ihm die Übertragungsrechte der historisch bedeutsamen Kundgebung an.

Der ARD-Vorsitzende berief umgehend eine Telefonkonferenz der Intendanten der öffentlich-rechtlichen westdeutschen Sender ein, um dieses Angebot in einer größeren Runde zu besprechen und zu einer einvernehmlichen Entscheidung zu kommen. Bis zu diesem Zeitpunkt sendete an diesem Vormittag das Erste Deutsche Fernsehen programmgemäß die Übertragung eines Tennisturniers mit Boris Becker.

Die Intendanten hatten nun zu entscheiden, ob diese Übertragung abgebrochen und stattdessen die Sendung des ostdeutschen Fernsehens übernommen werden sollte. Nach einer heftigen, aber kurzen Diskussion entschied man, das Angebot des ostdeutschen Senders abzulehnen. Die Zuschauer des westdeutschen Fernsehens sollten nicht durch eine unangekündigte Programmänderung verärgert werden, zumal die überwältigende Mehrheit der Zuschauer sich dem Tennisstar Boris Becker verbunden fühle. Der Volksaufstand der Bevölkerung in jenem zweiten deutschen Staat sei zwar bedeutsam und schätzenswert, aber doch nur von regionalem Interesse.

Als sie später ihre Entscheidung erklären sollten, hieß es, es sei an jenem Tag das Anliegen der ARD-Fernsehanstalten und ihrer Intendanten gewesen, im Blick auf die Optimierung der Zuschauerbindung programmtreu zu bleiben.

LEERE SCHUBLADEN

Da der letzte deutsch-deutsche Krieg als *kalter* geführt wurde, waren die verborgenen, die geheimen Dienste von besonderer Bedeutung, mussten doch die Kämpfe ebenso erbarmungslos wie in einem *heißen* Krieg erfolgen, aber verschleiert und nahezu geräuschlos. Die Hinterhalte wurden verschwiegen, und die eingesetzten Krieger durften an der unsichtbaren Front keinerlei Spuren hinterlassen, die auf den Urheber des Anschlags verweisen könnten.

Die verschiedenen Geheimdienste – Kampftruppen mit abenteuerlich namenlosen Namen, die den eigentlichen Auftrag zu maskieren hatten – waren auf beiden Seiten der Front finanziell üppig ausgestattet, und da sie zudem ihr Personal nach Belieben aufstocken und sich jederzeit die geheimsten Geheimwaffen beschaffen konnten, wuchs ihr Etat in jährlichen Abständen astronomisch. Schließlich waren sie es, worauf die Oberhäupter auf beiden Seiten der Frontlinie in ihren Anforderungskatalogen nicht müde wurden hinzuweisen, die an vorderster Front das Land zu verteidigen und den Gegner in Schach zu halten oder zu vernichten hatten.

Die Erfolge ihrer Angriffe und Komplotte hielten sich auf beiden Seiten in Grenzen, da sie sich bei ihren kriegerischen Attacken offenbar mehr an tradierte Muster hielten. Ihre kriegerischen Einfälle schienen aus Kriminalromanen eines Edgar Wallace zu stammen oder sie ließen sich von den spektakulären Stunts eines James Bond anregen.

So vergifteten sie missliebige Personen durch einen Stich mit einem Regenschirm, dessen Spitze zuvor mit einem toxischen Kampfstoff getränkt war. Oder sie ließen ein Forschungsschiff von Kampfschwimmern in die Luft sprengen, um unliebsame Ermittlungen der Forscher zu verhindern. Diese Aktion bekam damals einen weniger geheimen Decknamen, man nannte sie »Opération satanique«, eine Bezeichnung, die auch als Berufsbeschreibung taugen könnte.

Über die wirklich entscheidenden ›Kampfhandlungen‹ konnten sie ihre Auftraggeber, den jeweiligen Staat, nicht beizeiten informieren, da sie selbst von diesen Aktionen erst aus der Presse erfuhren. Als die DDR in einer Nacht ihr gesamtes Territorium unüberwindbar abgrenzte und halb Berlin mit einer Mauer hermetisch abriegelte, schauten die gegnerischen Geheimdienste am nächsten Tag verblüfft in die Morgenzeitungen.

Obgleich der Mauerbau über Wochen vorbereitet worden sein musste, obwohl riesige Mengen von Steinen und Mörtel, von Stacheldraht und Bewehrungsstahl zuvor zu transportieren waren und umfangreiche Truppenteile in der gesamten östlichen Republik verlegt werden mussten – in die Logistik dieses monströsen Unternehmens waren notwendigerweise Hunderte oder Tausende zumindest teilweise eingeweiht –, hatten die gegnerischen Kämpfer an der unsichtbaren Front nichts davon mitbekommen.

Ihre in Ostdeutschland angeworbenen Konfidenten – sämtlich Personen in entscheidenden und höchsten Positionen, wie sie dem aufsichtführenden Ministerium zuvor mitgeteilt hatten, um die hohen Spesen zu erklären – hatten ihnen nichts gemeldet – da sie gleichfalls von nichts wussten.

Und möglicherweise hatten die Geheimdienstbosse noch am Vortag in einem als streng vertraulich eingestuften Bericht ihrem Minister mitgeteilt, dass bis zum Jahresende die Lage in der DDR unverändert bleibe. Die Gerüchte über einen Mauerbau, die gelegentlich in den Zeitungen zu lesen seien, wären lediglich wilde Spekulationen der Boulevardpresse, im Osten habe nach ihren profunden Kenntnissen keiner die Absicht, eine Mauer zu errichten.

Zudem besaß die ehemalige Bundesrepublik ein eigenes Ministerium für den ersehnten Anschluss des östlichen Teilstaates. Es wurde 1949 eingerichtet und hieß *Bundesministerium für gesamtdeutsche Fragen*, später wurde es in *Bundesministerium für innerdeutsche Beziehungen* umbenannt. Es gab auch Bestrebungen, ihm ein weiteres Mal einen neuen Namen zu geben, nämlich *Bundesministerium für Fragen der Wiedervereinigung*.

Der erste Minister dieses Ministeriums war Jakob Kaiser, der seine Aufgabe mit dem Satz beschrieb: »Ein wahres Europa kann nur gebildet werden, wenn die deutsche Einheit wiederhergestellt wird. Und diese umfasst außer Deutschland auch Österreich, einen Teil der Schweiz, die Saar und Elsass-Lothringen.«

Das Ministerium war führend im Kampf gegen den Kommunismus. Es besaß eine geheime Kartei von über 20 000 vermeintlichen Antidemokraten und Kommunistenfreunden, die in der Bundesrepublik lebten und Wühlarbeit betrieben, und es arbeitete daher eng mit dem Bundesnachrichtendienst, dem Bundesamt für Verfassungsschutz und dem US-amerikanischen Geheimdienst CIA zusammen.

Wie jedes Ministerium war es ausgestattet mit Parlamentarischen Staatssekretären, beamteten Staatssekretären sowie Hunderten von Mitarbeitern. Das Ministerium war berechtigt, Preise zu stiften, Stipendien und Förderungen aller Art zu vergeben, um den Kommunismus abzuwehren sowie die

Wiedervereinigung als unaufgebbares Ziel in den Köpfen und Herzen der Bundesbürger zu verankern.

Als die Mauer fiel und die Parteien und Politiker nach dem besten Weg einer Vereinigung der beiden deutschen Staaten suchten, wandten sich die verantwortlichen Staatsleute auch an das dafür zuständige *Ministerium für innerdeutsche Beziehungen*.

Dort jedoch fand man nur Listen von Bundesbürgern, die gefährlich seien und den Staat zu unterwandern suchten. Zudem gab es Dutzende von Manuskripten für Reden zum Nationalfeiertag der Bundesrepublik Deutschland, dem sogenannten *Tag der deutschen Einheit* am 17. Juni. Und man fand die ministeriellen Anweisungen und Verfügungen für die Aktion *Kerzen ins Fenster stellen*, die Solidarität mit den Deutschen im Osten zeigen sollten. Diese Kerzen-Aktion war genauestens protokolliert und im Archiv waren Fotos sämtlicher Fenster zu sehen, in denen eine Kerze stand, sowie auch Fotos jener Fenster, in denen kein Lichtlein zu sehen war.

Aktionspläne, Maßnahmenkataloge und Strategien, um eine Vereinigung der beiden deutschen Staaten zu erreichen, waren nicht vorhanden. Ebenso gab es keinerlei Papiere über mögliche, wünschenswerte oder anzustrebende Aktionen bei einer Vereinigung oder einem freundlichen oder unfreundlichen Anschluss.

Die Schubladen waren leer.

Da die Arbeit dieser Behörde mittlerweile hinfällig geworden war, wurde sie im Januar 1991, vierzig Jahre nach ihrer Gründung, mit einem pompösen Staatsakt aufgelöst, bei dem man den Mitarbeitern des *Ministeriums für Fragen der Wiedervereinigung* dafür dankte, dass sie zwar nichts für diese Vereinigung getan hatten, aber dies unermüdlich.

LE PEUPLE

Nach der Öffnung der Mauer sendete auch das westdeutsche Fernsehen täglich stundenlange Berichte aus dem östlichen Landesteil, wo die Demonstrationen immer noch andauerten. Ostdeutsche erzählten den westdeutschen Journalisten, was sie sich wünschten und erhofften und wie sie die Zukunft sahen, ihre persönliche wie die des ganzen Landes. Und die westdeutschen Stationen übertrugen nun auch die noch immer andauernden Demonstrationen in den ostdeutschen Städten.

Einer meiner Kollegen, Heiner Müller, berichtete mir von einem Besuch in München, wo er sich mit einem Regisseur und einem Intendanten in einem der berühmtesten Münchner Cafés getroffen habe. Es sei jenes Café gewesen, in das die große Therese Giehse, nachdem sie 1945 aus dem Exil zurückgekommen war, den gleichfalls aus dem Exil zurückgekehrten Bertolt Brecht eingeladen hatte, um ihm dort mit ihrer lauten und unüberhörbaren Stimme zu erklären: »Ach, liebster Bertel, in diesem Café hat auch unser Führer immer so gern gesessen.«

Heiner Müller erzählte mir, dass sich das Café seit jener Zeit stark verändert habe. So hing dort nun, was ungewöhnlich für ein erstklassiges Café war, ein größerer Fernseher an der Wand. Auf dem Bildschirm sah man die demonstrierenden Ostdeutschen, aus den Lautsprechern – der Ton war halblaut eingestellt – ertönte ihr Ruf: »Wir sind das Volk!«

An einem Tisch schräg gegenüber von Müller saß eine ältere Dame und trank Tee. Sie wirkte äußerst distinguiert, geradezu aristokratisch, ihre Kleidung war exquisit und wirkte apart. Sie schien ganz mit sich und ihrem Tee beschäftigt zu sein, interessierte sich weder für die anderen Gäste noch für das Fernsehprogramm.

Doch plötzlich hätte sie zu dem Fernseher aufgeschaut und mit lauter Stimme und wenig ladylike zu dem Bildschirm gerufen: »Ja, ihr seid das Volk. Und das sollt ihr auch bleiben.«

EINEN FETTEN MACHEN

Im November 1989 war ich in München, auf Einladung eines Verlegers, der mich sprechen wollte. Ich war am Vortag in die bayrische Landeshauptstadt gereist, um eine Inszenierung der Kammerspiele zu sehen, wobei ich Max traf, einen befreundeten Schauspieler, der mich für den nächsten Tag zum Mittagessen einlud. Ich sagte zu, wenn ich auch wusste, diese Einladung verdankte ich allein seiner Hoffnung, ich könne bei einer bevorstehenden Inszenierung den Regisseur überreden, ihm nicht eine der Nebenrollen zu geben, sondern die Hauptrolle.

Nach dem Gespräch im Verlag fuhr ich zum Stachus, wo wir verabredet waren. Er wartete bereits auf mich, wir begrüßten uns und er sagte, er habe in einem Edelrestaurant einen Tisch für uns bestellt. Allerdings müssten wir zuvor einen kleinen Umweg gehen, weil er noch Geld abheben müsse. Zu jener Zeit gab es in Deutschland weder EC-Karten noch Geldautomaten, man hatte bar zu zahlen oder einen Scheck auszufüllen.

Als wir in jene Straße einbogen, in dem sich sein Geldinstitut befand, erblickten wir eine größere Menschenmenge, etwa dreihundert Personen standen vor dem Eingang der Bank und warteten geduldig. Es konnte Stunden dauern, bis Max an der Reihe war.

Max hätte mich fragen können, wieso die Bank plötzlich einen so großen Zulauf hatte, und ich hätte ihm erklärt, diese Leute seien DDR-Bürger, die sich das sogenannte »Begrüßungsgeld« abholen wollten, ein einmaliges Geschenk der

Bundesrepublik an jene Deutschen, deren Währung nicht konvertibel war, die daher mit ihrem Geld im westlichen Teil Deutschlands nichts kaufen konnten. Da das Bundesland Bayern dieses Begrüßungsgeld um vierzig Mark erhöht hatte, waren viele Ostdeutsche weit gereist – selbst aus dem fernen Mecklenburg-Vorpommern war man bis nach München gefahren.

Max jedoch fragte nicht, sondern griff nach meiner Schulter und rief entgeistert und ein wenig theatralisch: »Was ist denn hier los!«

Er war, wie bereits gesagt, Schauspieler. Seine Stimme war geschult, er sprach verständlich und laut genug, um auch in großen Theatern noch in der hintersten Reihe verstanden zu werden. Den dreihundert Leuten vor der Bank war daher sein Aufschrei nicht entgangen.

Einer der Wartenden wandte sich daraufhin zu ihm um. Mit einer wenig geschulten, doch gleichfalls lautstarken Stimme und unverwechselbar sächsischem Tonfall rief er meinem Freund zu: »Jaja, vierzig Jahre lang habt ihr geschlemmt und geprasst und euch einen fetten gemacht, und jetzt sind wir dran.«

Max konnte an diesem Tag nichts von seinem Geld abheben. Ich bot ihm an, als Entschädigung und zur Kompensation unser Mittagessen zu bezahlen, was er dankend annahm.

EINE SCHROTGEWEHR-HEIRAT

Nach dem Beitritt des ostdeutschen Staates zur Bundesrepublik ergab sich für die größer gewordene Bundesrepublik die Aufgabe, verschiedene Einrichtungen abzuwickeln oder aufzulösen, um unnötige Doppelstrukturen zu beseitigen, also jene Organisationen und Anstalten, die jeder Staat braucht und unterstützt und die daher sowohl der ostdeutsche wie der westdeutsche Staat aufbauten und betrieben.

So hatten beide deutschen Staaten je ein Institut für Kulturpflanzenforschung, die auch als Saatgutbibliotheken oder Genbanken der Kulturpflanzen bezeichnet werden. Die Institute lagern das Saatgut sicher, um es vor Naturkatastrophen und Epidemien zu schützen, sie stellen Saatgut zur Verfügung, das in dem sich verändernden Klima ertragreich ist, züchten eine Vielzahl neuer Sorten und exportieren sie in alle Welt.

Die Kulturpflanzenforschung war sehr arbeitsintensiv und daher teuer, das Duplikat musste nach der Vereinigung liquidiert werden und einer der Direktoren des volkseigenen *Saat- und Pflanzguts Quedlinburg*, der über Jahrzehnte das DDR-System der Pflanzenzüchtung und Saatgutwirtschaft in der Leitungszentrale Quedlinburg aufgebaut hatte, konnte nun, wie er sagte, nur noch zusehen, »wie der ostdeutsche Saatgutmulti ausgeschlachtet, abgewickelt und plattgemacht und mehrere tausend Fachkräfte arbeitslos wurden«.

Andere Anstalten und Institute hatten sich, selbst wenn sie selbst es keineswegs wollten, zu vereinigen. Doch eine solche Verheiratung unter staatlichem Druck führt nur sehr selten zu einer Liebesheirat. Es ist vielmehr eine »Shotgun Wedding«, wie die Amerikaner diese Art Vereinigung nennen.

Die Wissenschaft spricht von Ethnozentrismus, wenn die Voreingenommenheit einer Gruppe gegenüber fremden Gruppen gemeint ist, wobei die eigenen Verhaltensmuster und die der ethnischen Gruppe, der man angehört, immer als normal, natürlich, gut, schön oder wichtig angesehen werden, die der anderen jedoch als barbarisch, unmenschlich und kulturlos.

Viele dieser Doubletten wehrten sich jahrelang gegen die staatliche Nötigung.

Die beiden Schriftstellervereinigungen PEN Ost und PEN West sträubten sich über ein Jahrzehnt lang erfolgreich.

Dem Deutschen Anglerverband (Ost) und dem Verband Deutscher Sportfischer (West) gelang es sogar, vierundzwanzig Jahre unbeirrt an ihrer gegenseitigen Abneigung festzuhalten, wobei keine der beiden Seiten mit Schmähungen und Verbalinjurien geizte.

Auch in den beiden Kunstakademien in Berlin herrschte mehr Entsetzen als Freude über die deutsche Einigung und den drohenden Zusammenschluss. Die Präsidenten beider Akademien hatten angeregt, dass eine Arbeitsgruppe aus jenen Mitgliedern gebildet werden solle, die bereits vor dem Mauerfall Mitglied beider Akademien waren. Das waren zwanzig Personen, zu denen auch ich zählte, und zum Leiter der Gruppe wurde Heiner Müller gewählt.

Ängste und Empörung über die bevorstehende Zwangsehe waren in den verschiedenen Klassen vielfältig und vielgestaltig.

So waren die Architekten West völlig gelassen, sie wussten, dass ihre ostdeutschen Kollegen nach dem Zusammenbruch ihrer volkseigenen Firma nun Einzelkämpfer waren, die sich kaum gegen die bekannten und großen Kanzleien behaupten konnten, und begrüßten sie daher geradezu herzlich.

Bei den Musikern und Komponisten, den Film- und Medienleuten, den Schauspielern und Autoren gab es Vorurteile und Animositäten, doch hielt sich alles im Rahmen grollenden Unbehagens und ziviler Attacken.

Einige Mitglieder verließen freilich türenschlagend den Raum und teilten mit, dass sie die Akademie lebenslang nicht mehr betreten würden. Es waren vor allem Künstler, die vor Jahren den ostdeutschen Staat verlassen hatten, teilweise unter dramatischen Umständen, und die sich nun unverhofft und gegen ihren Willen mit jener Mischpoche an einen Tisch setzen sollten, mit der sie, wie sie gehofft hatten, vor Jahren und Jahrzehnten endgültig abgeschlossen hatten.

Bei den bildenden Künstlern im Westen jedoch, insbesondere bei den Malern, sah es vollkommen anders aus. Man fürchtete um die Einnahmen, war um Verluste bei den großen Aufträgen besorgt und sehr beunruhigt, dass das Interesse der Museen, Galerien und Galeristen für sie selbst nachlassen könnte, wenn sich nun auch die ostdeutschen Maler an den Tisch mit der großen Suppenschüssel setzten.

Ihr Groll und Zorn überraschte mich nicht, hatte mir doch drei Wochen zuvor mein Freund Werner Stötzer ein ihn schockierendes Erlebnis berichtet. Der bedeutende und hochgeschätzte Bildhauer war aus seinem Dorf am Rande des Oderbruchs nach Berlin gekommen, er wollte für die Arbeit an einem Stein noch einmal eine seiner früheren Arbeiten in der Nationalgalerie auf der Museumsinsel sehen. Wir waren für den Nachmittag verabredet.

Als er in meine Wohnung kam, war er blass, kaute nervös

auf seiner Zigarre und wirkte erregt. Ich fragte besorgt, wie es um seine Gesundheit stehe, doch er winkte ab, setzte sich in einen Sessel und atmete mehrmals tief durch. Dann sagte er, dass er keinen seiner Steine in der Nationalgalerie gesehen habe. Zuerst hätte er geglaubt, das Museum habe sie in einem anderen Raum aufgestellt, doch er irrte vergeblich umher.

Bei seiner Suche sei ihm plötzlich der Kurator über den Weg gelaufen, der ihm mit verlegenem Lächeln gestand, er hätte die Anweisung bekommen, verschiedene Skulpturen ins Depot zu stellen, darunter auch alle Arbeiten von Stötzer, um Platz zu schaffen für die »richtige« Kunst. Der Kustos hätte ihm angeboten, mit ihm in den Keller, in den Fundus zu gehen, damit er sich dort seine Steine anschauen könne, aber das hatte mein Freund abgelehnt.

Die Sitzungen zum Zusammenschluss beider Akademien verliefen von Mal zu Mal turbulenter. Bei den Schimpfkanonaden griff man zu immer schwererer Munition, zu dirty weapons.

Je berühmter und bekannter und teurer ein Maler und seine Bilder waren, umso heftiger äußerte er seine Wut, und seine Verwünschungen schlugen häufig in Hass und Raserei um. Das Vokabular wurde zunehmend jugendgefährdender, und die Protokollantin notierte mit hochrotem Kopf jene Verbalinjurien, die sie bisher nie gehört hatte.

Eine Welle des Hasses brandete vor allem gegen den Leiter jener Gruppe auf, die einen gangbaren Weg zu einer Vereinigung der beiden Akademien aufzufinden hatte. Einer der berühmten Maler schrie mit sich überschlagender Stimme, dieser Heiner Müller sei wohl im Osten bekannt, aber ob er für den Westen irgendeine Bedeutung habe, das müsse sich erst erweisen.

Das war, alles in allem, großer Unsinn und dem Zorn geschuldet, denn die Theaterstücke von Heiner Müller wurden an den Bühnen Deutschlands und der ganzen Welt aufgeführt. Während in den Berliner Akademien gestritten wurde, fand in Tokio eine Heiner-Müller-Woche statt und die Stadt New York bereitete ein Heiner-Müller-Festival vor.

Doch wir wollten kein Öl ins Feuer gießen und ließen Müllers internationale Erfolge wohlweislich unerwähnt. Handgreiflichkeiten wären sonst wohl kaum mehr auszuschließen gewesen.

Dem stets ruhigen und höflichen Heiner Müller war wie immer als einzige, aber durchaus scharfe Waffe gegen Unflätigkeiten und ideologische Strafpredigten nur das Verstummen gegeben.

An diesem Abend verließen wir gemeinsam die Akademie.

»Hast du gehört, Christoph?«, sagte er zu mir, »wir haben Bewährung bekommen.«

Müller starb drei Jahre nach der schließlich doch erreichten Vereinigung der beiden Kunstakademien. Das Ende seiner Bewährungszeit hat er nicht mehr erlebt.

DIE ALLERLETZTE SCHLACHT DES KRIEGES

Gegen Ende des letzten deutsch-deutschen Krieges kam es, wie bei allen Kriegen althergebracht und gewöhnlich, zu der letzten und der alles entscheidenden Schlacht, die nun aber und anders als bei allen Kämpfen und Bombardements zuvor, unter Ausschluss des gemeinen Fußvolks ablief.

Diese allerletzte Schlacht wird gemeinhin nicht aus einem Schützengraben heraus geführt oder mittels gepanzerter Schlachtschiffe und Kampfflugzeuge. Selbst Panzer und Artillerie kommen nicht mehr zum Einsatz. Bei dieser letzten Schlacht sitzt man üblicherweise auf Stühlen oder in bequemen Sesseln, allen Beteiligten wird ein üppiger Imbiss gereicht, Kaffee, Tee und Säfte werden serviert und es wird stets darauf geachtet, auch ausreichend alkoholische Getränke anzubieten, denn das fördert den Verlauf dieser Schlacht und führt schneller zum erwünschten Ergebnis.

Dieses letzte Scharmützel endet gewöhnlich auf dem Balkon einer prächtigen Villa, von wo aus die Kombattanten sich mit huldvollen Gesten dem Volk zeigen, um mit einem öffentlichen Händedruck, einem Salutieren das Ende aller Kämpfe zu demonstrieren. Gelegentlich lassen sie sich auch zu anrührenden Szenen einer kurz zuvor noch undenkbaren Verbrüderung hinreißen.

In dieser letzten Schlacht ist der Waffenstillstand zu vereinbaren und ein Friedensvertrag vorzubereiten, der für alle Ewigkeit gültig sein soll.

Und es ist über entstandene Kosten und über Strafen zu sprechen.

Die Sieger des Krieges haben Anspruch auf Reparationszahlungen, um für die eigenen kriegsbedingten Verluste entschädigt zu werden, und es war seit Jahrtausenden allgemein gebräuchlich und galt keineswegs als sittenwidrig, wenn der Triumphator im besiegten Land ein wenig mehr für sich einsackt. So war Landnahme nicht ungewöhnlich oder der Abtransport des Goldschatzes eines besiegten Staates, Bodenschätze und komplette Betriebe wurden über die Grenze gebracht, ebenso Maschinen, Traktoren, Autos, Schiffe, Eisenbahnen und Schienen, und selbst die Bürger mit ihren armseligen Kostbarkeiten blieben nicht verschont.

Der Direktor eines Magdeburger Kombinats, also einer konzernartig verbundenen Gruppe von Industriebetrieben, erzählte mir, dass er seit dem Tag des Beitritts der DDR zur Bundesrepublik nahezu täglich von Abgesandten der Treuhandanstalt, von früheren Vertragspartnern und von Konkurrenzbetrieben aufgesucht wurde, die ihn mit höchst widersprüchlichen Hinweisen auf juristische und Marktgesetze in seinen Entscheidungen zu beeinflussen suchten.

»Alles hilfreiche Ratschläge«, sagte er, »und alle in der Nähe von Nötigung und der Ankündigung einer Kriegserklärung.«

Ich fragte ihn, ob er das Gefühl habe, über den Tisch gezogen zu werden. Er schloss für ein paar Sekunden die Augen. »Die Wahrheit ist, ich weiß nicht einmal, wo der Tisch steht.«

Und die siegreiche Macht konnte nun Strafen verhängen. Jene Personen, die besonders eifrig oder grausam gekämpft hatten oder die der besiegten Nation allzu willig angehangen und sich daher dem späteren Sieger gegenüber als besonders feindlich gezeigt hatten, wurden auf Wunsch oder Befehl bestraft.

Die Strafen änderten sich im Laufe der Zeit. Auf ein Rad flechten, pfählen und vierteilen war noch vor einigen Jahrhunderten ein gewöhnliches Jahrmarktsvergnügen des siegreichen Heeres. Später wurden weniger qualvolle Hinrichtungen üblich, wobei man freilich darauf achtete, dass die Verräter einen schmählichen Tod starben, weswegen man das Köpfen und Henken bevorzugte.

Im vergangenen Jahrhundert verurteilten die Siegermächte die besiegten Staatsoberhäupter als Kriegsverbrecher lediglich zu langjährigen oder auch lebenslangen Gefängnisstrafen, und neuerdings begnügt man sich, ihnen die Ehre, ihr privates Vermögen und die bisher gewährten Privilegien abzusprechen und sie mit einer Strafrente zu belegen.

Diese Liberalisierung birgt für die Siegermacht einige Vorteile, baut sie doch nachhaltig der Legendenbildung vor. Da der siegreiche Feind sie verurteilt hatte, wurden in früheren Zeiten die Namen der Verurteilten und ihre Taten für eine unbelehrbare oder verführte Jugend zum Fanal, was dem Sieger von einst Misslichkeiten und erneute Scharmützel bereiten konnte.

Die pekuniäre Bestrafung dagegen hat eine vergleichbar abschreckende Wirkung – und nichts anderes ist das Ziel aller Justizgerichtsbarkeit –, doch wenn der einst mächtige Mann, der besiegte Feind, nun zwar äußerlich frei, doch gebunden und gedrückt durch die mangelnden Mittel des Lebens seine kümmerliche Existenz fristen muss, ist die Gefahr, ein Idol der Jugend zu werden, nahezu ausgeschlossen. Die einst mächtigen und zu fürchtenden Gegner sind nun kümmerliche und bedauernswerte Greise, sie wurden zu Karikaturen ihrer selbst. Diese neuartige Art der Abstrafung ist eine staatsmännisch kluge, eine geradezu machiavellistische Entscheidung der siegenden Macht.

Nach dem Ende des letzten deutsch-deutschen Krieges wurde nicht allein über den Staatsbesitz, über die volkseigenen Betriebe, Gruben und Ländereien entschieden, sondern auch über die Kultureinrichtungen des besiegten Staates. Was darf bestehen bleiben? Was kann abgewickelt werden? Was muss verschwinden?

Zu diesem Zweck wurde in Berlin ein Kulturausschuss einberufen, der nur aus Männern bestand. Man tagte in einem prächtigen Saal hoch über dem Kurfürstendamm. Die Herren waren bekannte Persönlichkeiten des kulturellen Lebens, angesehen und achtunggebietend; darunter frühere Senatoren, Bürgermeister, ehemalige Minister und namhafte Herausgeber. Sie alle wurden in den Kulturmetropolen Deutschlands und Europas geschätzt, freilich kannten sie die Westberliner Kulturszene kaum und die Ostberliner gar nicht, kamen sie doch aus Bonn, Frankfurt und München.

»Gute Leute«, würde ein E. T. A. Hoffmann zur Zusammensetzung dieser Kommission sagen, »aber schlechte Musikanten!«

In dieses Kuratorium war auch Ulrich Eckhardt berufen worden. Er war Intendant und Geschäftsführer der Westberliner Festspiele und damit für das Theatertreffen Berlin verantwortlich und die Westberliner Festwochen, für das Jazzfest, das Weltmusikfestival »Horizonte«, für das Theatertreffen der Jugend und die Junge Musikszene, die Musikbiennale und die Berliner Lektionen, für das Treffen junger Autoren und das Metamusik-Festival. Überdies hatte er als Geschäftsführer die Internationalen Filmfestspiele zu organisieren und noch ein paar Dutzend weiterer Veranstaltungen der Kunst- und Kulturszene Westberlins. Er reiste ständig umher, um neue Tendenzen zu erkunden und ofenfrische Gruppen aufzuspüren, kannte den Westen und den Osten von Europa und den östlichen Teil Berlins nicht weniger gut als den westlichen.

Von ihm, der Westberlin mit Kunst und Kultur überschüttete, hieß es, er habe Gastspiele für sämtliche Bühnen Westberlins und für alle 365 Tage des Jahres abgeschlossen; lediglich am 24. Dezember habe noch eine Bühne eine Vakanz, aber da sei Eckhardt bereits mit einer Truppe aus Bethlehem im Gespräch.

Ein Kerl wie gespuckt für diese Runde.

Aus Ostberlin waren zwei Männer eingeladen, ein evangelischer Bischof und ich. Der Bischof war einer der ehrenwertesten Menschen, die ich kannte, sein hohes Kirchenamt ließ ihm aber wenig Zeit, die kulturellen Angebote der Stadt wahrzunehmen und zu nutzen. So blieb er in der Runde recht schweigsam und hörte sich erstaunt an, was es in seiner Heimatstadt alles zu sehen gab.

Die gewichtigen Honoratioren aus den entfernteren Städten geizten dagegen nicht mit ihren Ansichten und Urteilen. Die Bonner Liste der Kulturinstitutionen war umfänglich, jedes Theater, jede Kunststätte war aufgeführt und musste begutachtet werden. Um keine Fehler zu machen, kam es häufiger vor, dass einer der Herren mich fragte, ob das besagte Haus in Westberlin oder in Ostberlin läge, um danach sein Urteil über dessen Wert und Existenz zu fällen.

Ich lernte, dass in derartigen politisch und sozial brisanten Gremien nicht der Sachverstand zählt und gefragt ist, vielmehr ist die Position entscheidend, die der Redner im Staat und in der Gesellschaft einnimmt.

Der deutsche Historiker Ferdinand Gregorovius schrieb, das Interesse an Rom schwand dahin, als Rom gestürzt und untergegangen war. Besonders missachteten die Nachfahren die Kultur des gestürzten Imperiums. Sogar dessen Sprache begann zu missfallen, und Gregorovius fügte hinzu: »Nie haben die Päpste schlechteres Latein gesprochen als nach dem Fall Roms.«

Bereits gegen Ende der zweiten Sitzung änderte sich aber das Verhalten der Teilnehmer. Die von weit her angereisten Ehrenmänner waren ihrer eigenen, etwas unbedarften Urteile müde geworden und beschränkten sich in den folgenden Treffen darauf, ganz wie der Bischof, Ulrich Eckhardt und mir zuzuhören, zumal Eckhardt schneidend scharf werden konnte, wenn die Unwissenheit oder Ignoranz allzu auffällig wurde. Gelegentlich fragten die Herren nach, folgten aber schließlich unserem Urteil.

Ohne dass wir uns je darüber verständigt hatten, retteten wir eine Kulturstätte nach der anderen und erreichten, dass der Ausschuss sich der Bonner Veto-Liste widersetzte und die ostdeutschen Kultureinrichtungen vor ihrer Auslöschung bewahrte.

Bonn hatte, um ein schiefes Bild zu gebrauchen, mit der Berufung von Eckhardt und mir zwei Böcke zum Gärtner gemacht. Oder, um es korrekter zu sagen: zwei Gärtner damit beauftragt, eine über Jahre gewachsene, große Plantage mit gewichtigen Kulturpflanzen zu vernichten, was diesen beiden nicht behagte und weshalb sie den Auftrag sabotierten.

Weit oben auf der Bonner Streichliste stand der Friedrichstadtpalast. Die westdeutsche Presse hatte beim Blick über die gefallene Mauer nach dem Ende des ostdeutschen Staates eine kurzzeitige Jubelphase eingelegt, wechselte aber bald wieder zurück in die Schmähphase und behauptete nun, der Friedrichstadtpalast biete altbackenen Revuezauber für das verhärmte ostdeutsche Staatsvolk. Der meinungsbildende *SPIEGEL* nannte den Palast ein »Frohsinnskombinat mit volkseigenen Entkleidungstänzern«.

Die Stimmung hatte gründlich gewechselt, der Friedrichstadtpalast gehörte nun zum grauen DDR-Gerümpel, das zu entsorgen war. Die geforderte Schließung schien nicht mehr zu verhindern zu sein.

Ulrich Eckhardt und ich jedoch verstanden uns nicht als Konquistadoren und stellten uns, ohne jede Absprache untereinander, immer wieder gegen den regierungsamtlichen und den medialen Mainstream.

In einer umfänglichen Suada sprach ich über die wechselvolle Geschichte des Palastes, der weltweit größten Theaterbühne mit der längsten Girl-line aller Kontinente. Ich erinnerte die Anwesenden daran, dass New York und Paris einst ebenfalls große und berühmte Ballette besaßen, sie aus Kostengründen jedoch abschafften und dies heute bereuten, denn ein Revuetheater mit einem Ballett von zweiunddreißig Tänzerinnen, mit den vierundsechzig schönsten Beinen der Stadt, sei ein einzigartiger Publikumsmagnet.

Ich hatte in der Vergangenheit häufiger Eintrittskarten für den Palast erstanden, hatte ihn selbst jedoch nur ein einziges Mal aufgesucht, als viele Jahre zuvor dort einmal Louis Armstrong zu hören und zu erleben war. Die anderen Karten benötigte ich, um mein kleines Wochenendhaus auf dem Land vor dem Verfall zu retten.

Die Tickets waren heiß begehrt, der Palast stets ausverkauft, und an meinem Wochenendhaus waren gelegentlich Reparaturen fällig. Ich benötigte Handwerker, die weder mit

Geld noch mit guten Worten dafür zu gewinnen waren, auf mein sturmgebeuteltes Dach zu klettern oder eine defekte Elektroleitung auszutauschen. Mit zwei Karten des Friedrichstadtpalastes konnte ich jedoch auch den widerspenstigsten Handwerksmeister dazu bewegen, mein Haus vor allen anderen instand zu setzen.

Die Herren des Kulturausschusses folgten aufmerksam meinen Ausführungen, nickten verständnisvoll und erteilten schließlich dem Palast ihren Segen.

Am Abend jenes Tages sagte ich zu meiner Frau, vermutlich würden in den nächsten Tagen oder Wochen zweiunddreißig entzückende junge Damen um Einlass in unsere Wohnung bitten und mich herzen und küssen. Es sei aber nicht so, wie sie denke.

Die Damen erschienen nie bei mir, was ich noch heute bedauere, aber andererseits war dadurch meine Ehe auch nie gefährdet.

Das Husarenstück in der Kommission jedoch vollbrachte Ulrich Eckhardt.

An der ersten Stelle auf der Streichliste stand das Maxim Gorki Theater, das Schauspielhaus in der Straße Unter den Linden. Es sei eine Bühne, hieß es in dem Papier aus Bonn, auf der ausschließlich russische und sowjetische Stücke gespielt würden und zudem wohl noch in russischer Sprache. Aus Bonner Sicht war es offenbar das Schauspielhaus der sowjetischen Besatzungmacht, okkupiert von den Russen als Unterhaltungstheater für die Soldaten der Roten Armee, und es sollte so vollständig und so rasch wie möglich nach Moskau oder Sibirien repatriiert werden.

Ich holte tief Luft, um mit einer großen Philippika diesen haarsträubenden Unsinn aus der Welt zu schaffen, da meldete sich jedoch Ulrich Eckhardt und ergriff vor mir das Wort. Mit einem verständnisvollen Nicken schien er der erwünschten Theaterschließung zuzustimmen, sagte dann aber mit dem Ausdruck allergrößten Bedauerns: »Jaja, aber eine Liquidation geht leider nicht. Das Gorki Theater ist die einzige Sprech-Bühne an Berlins Prachtmeile.«

Ich sah ihn fassungslos an. Der Begriff *Prachtmeile* gehörte nicht zu meinem Vokabular, aber gewiss auch nicht zur Sprache Ulrich Eckhardts. Doch in der Runde nickte man nach diesem Satz verständnisvoll. Auch in Bonn wusste man, was eine Prachtmeile ist und dass keinesfalls das einzige dort existierende Theater geschlossen werden dürfe.

Nachdem die Kommission ihre Entscheidungen dem Bundespräsidenten übergeben hatte, zog ich mich zurück und weigerte mich, nochmals in einem solchen Gremium zu sitzen.

Ein Konquistador, der nicht morden und brandschatzen, und ein Henker, der nicht henken will, solche Leute haben ihren Beruf verfehlt und sollten daheim bleiben, um nicht die ernsthaft um das Staatswohl besorgten Autoritäten bei ihrer verdienstvollen Arbeit zu behindern.

AUF NIVEAU BRINGEN

Ein von Bonn beauftragter Kommissar für den ordnungsgemäßen Beitritt der ostdeutschen oder der sogenannten neuen Länder zur Bundesrepublik samt einer demokratisch korrekten Sichtung und Bewertung ostdeutscher Kultureinrichtungen, er hatte auch den Berliner Kulturausschuss zu unterweisen – er war wohl im Rang eines Ministerialdirektors oder eines Staatssekretärs, mir gegenüber sagte er lediglich, er sei in der Besoldungsgruppe B 8, womit ich seiner Ansicht nach ausreichend über ihn informiert sein müsste –, er kam eines Morgens mit schreckgeweiteten Augen auf mich zugestürzt.

»Herr Hein«, rief er mir zu, »ich komme gerade von einer Reise durch Thüringen und Sachsen zurück. Dort gibt es ja alle dreißig, vierzig Kilometer ein Symphonieorchester! Das müssen wir schnellstens auf bundesdeutsches Niveau bringen!«

Dieser Beamte der Besoldungsgruppe B 8 war mit dem kulturellen *Aufbau Ost* beauftragt.

DER DIAKON UNTER DEN BISCHÖFEN

Im letzten Jahrzehnt des ostdeutschen Staates, als der Unmut in der Bevölkerung zunahm und es immer häufiger zu Zusammenstößen mit der Polizei kam, war Gottfried Forck Bischof der Evangelischen Kirche in Berlin-Brandenburg.

Das war ein Glücksfall für Stadt und Land, denn Forck war ein unerschrockener Mann, der den staatlichen Organen die Stirn bot, auf einer Friedensdekade den staatlicherseits verpönten Aufnäher *Schwerter zu Pflugscharen* verteilte, und auf seiner Aktentasche, die er bei seinen Gesprächen mit den Kirchenbeauftragten des Staates und dem Magistrat der Stadt auf den Tisch legte, war unübersehbar ein Aufkleber mit ebendieser polizeiwidrigen Losung.

Andererseits strahlte er gelassene Ruhe und eine einnehmende Herzlichkeit aus, so dass bei seiner Anwesenheit selbst die auf der Straße eingesetzten Polizeibeamten eine ihnen selbst wohl nicht erklärliche Beißhemmung befiel. Er war ein idealer Vermittler zwischen unversöhnlichen Streitern, war er doch, um die Worte Martin Luther Kings zu zitieren, die dieser über Gandhi sagte, ein Mensch, der die christliche Liebesethik zu einer gewaltigen und wirksamen sozialen Macht gesteigert hatte.

Er war im Stande, die Demonstranten im Herbst 1989 zu schützen, und vermochte die polizeilichen Einsatzgruppen mit seiner gewinnenden Offenheit und vertrauenerweckenden und glaubwürdigen Integrität zu mäßigen.

Bei der Räumung der Mainzer Straße im Spätherbst 1990, die zum größten Polizeieinsatz in Berlin seit dem Zweiten Weltkrieg führte, vermittelte Forck zwischen dem Polizeipräsidenten und den Besetzern.

»Er war der Diakon unter uns Bischöfen«, hieß es auf einer der Bischofskonferenzen, ein Satz, der auf den Schwerpunkt diakonischer Arbeit hinweist, auf den Dienst an den Armen und Benachteiligten der Gesellschaft.

Aber auch er hatte sich mit Niederlagen abzufinden. Die schwerste und ihn am meisten belastende, wie er mir sagte, musste er in seinen beiden letzten Amtsjahren hinnehmen.

Zu den strittigen Punkten bei den Einigungsverhandlungen gehörte die Einführung der Kirchensteuer in Ostdeutschland.

Den Einzug dieser Steuer hatte der DDR-Staat Mitte der Fünfzigerjahre in einer Phase heftiger Konfrontation von Christen und Kirchen mit dem Staatsapparat der DDR eingestellt. Der atheistische Staat lehnte es rigoros ab, für die nur unwillig geduldeten und viele Jahre hindurch bekämpften Kirchen Geld einzutreiben. Die Kirchen waren daher auf die Einnahmen der Kollekte und auf Spendensammlungen angewiesen, doch kamen sie damit zurecht. Besonders die Sammlungen auf der Straße erbrachten beträchtliche Summen, denn nicht nur die Gemeindemitglieder spendeten reichlich, auch die Atheisten steckten Geldscheine in die Sammelbüchsen und häufig sogar die Mitglieder der Staatsparteien, wussten doch alle um den Einsatz der Kirchen bei der Alten- und Behindertenpflege und bei der Fürsorge für Kranke und Hilfebedürftige.

Diese Aufgaben erfüllte der Staat nur sehr unzureichend, auch weil es ihm im Unterschied zu den Kirchen an Menschen mangelte, die ausreichend Barmherzigkeit und Geduld aufbrachten, um diese schwere Arbeit auf sich zu nehmen.

Bischof Forck fürchtete die fatalen Folgen einer kirchlichen Steuer und widersprach den Forderungen der Bundesregierung, doch der die Einheit bestimmende Staat wies seinen Einspruch entschieden zurück. Die Kirchensteuer sei wie alle Steuern eine staatliche Zwangsmaßnahme, über die folglich allein der Staat zu entscheiden habe, die Religionsgemeinschaften hätten sich dem zu fügen.

Gottfried Forck wies eindrücklich auf die für die Kirchen bedrückenden Konsequenzen hin, doch die siegreiche Macht beharrte auf ihrer Entscheidung und zeigte ihm das Dokument, mit dem das Ende des letzten deutsch-deutschen Krieges besiegelt worden war. Über diesem umfänglichen Papier stand nicht *Waffenstillstandsvertrag* oder *Kapitulationserklärung*, sondern *Einigungsvertrag*, doch auch dieser Vertrag wurde – wie seit Jahrhunderten üblich – von der siegreichen Macht diktiert, der andere Vertragspartner hatten lediglich das Recht und die Pflicht zu unterschreiben. Der zuständige Kriegskommissar hatte einen Unterschriftsunwilligen mit den Worten ermahnt: »Hören Sie, Ihre sogenannte Deutsche Demokratische Republik tritt der Bundesrepublik Deutschland bei, nicht umgekehrt.«

Ich fragte Gottfried Forck, wieso der Staat in eine innerkirchliche Angelegenheit so drakonisch eingreife, doch mit einem schmerzlichen Lächeln sagte er, für das Eintreiben der Kirchensteuer, also dafür, dass im Finanzamt in die Personenakten ein entsprechendes Häkchen eingesetzt wird, woraufhin der amtliche Bescheid zur Zahlung einer kirchlichen Steuer festgelegt ist, für diese unerwünschte und aufgenötigte Dienstleistung behält der Staat einen erheblichen Prozentsatz der Kirchensteuer als *Verwaltungskostenvergütung* für sich ein.

Bis 1935 hatten die Kirchen ein Besteuerungsrecht, doch war ihnen weitgehend freie Hand gelassen, wie sie mit diesem Recht oder dieser Pflicht umgingen, und in den verschiedenen Landesteilen wurde dieses Recht sehr unterschiedlich genutzt.

Im Jahr 1935 führten die Nationalsozialisten den Kirchensteuereinzug durch den Arbeitgeber als eine staatliche Aufgabe ein, und auf der Lohnsteuerkarte erschien der Eintrag *Konfession*. Die Kirchensteuer wurde nun einheitlich auf die durch den Arbeitgeber im Staatsauftrag einzuziehende Lohnsteuer erhoben. Die Maßnahme erfolgte, um die beiden christlichen Kirchen stärker an den Staat und die nationalsozialistische Ideologie zu binden und die unabhängigen Geister durch finanzielle Abhängigkeit zu bändigen.

Der Reichsminister für Volksaufklärung und Propaganda und Präsident der Reichskulturkammer, Joseph Goebbels, ließ seinem Dekret den Satz folgen: »Es ist nicht wichtig, was man glaubt, Hauptsache ist, dass man glaubt.«

Nach dem Ende des Zweiten Weltkriegs zogen die Kirchen ihre Beiträge wieder selbst ein, doch schon vier Jahre später wurde ihnen dieses Recht entzogen, nun kassierte der Staat wieder selbst und zweigte sich dabei einen beträchtlichen Bonus ab. Die Bundesrepublik folgt damit einer nie demokratisch legitimierten Anordnung des Reichsministers Joseph Goebbels.

Diese Goebbels-Anordnung ist nach wie vor geltendes Recht in Deutschland, doch bei den Geistlichen und Kirchenführern beider christlichen Konfessionen umstritten.

Es kam, wie es Bischof Forck befürchtet hatte. Gemeindemitglieder traten aus der Kirche aus. Gläubige ließen zwar nicht von ihrem Glauben, aber von der Kirche, da sie diese Steuer nicht zahlen wollten oder meinten sie nicht zahlen zu können, denn die wirtschaftliche Lage des Ostens war und blieb prekär. Die Kirchengemeinden wurden ausgedünnt und schrumpften, bei den Straßensammlungen wurden nun nur noch kleine Münzen statt größerer Geldscheine in die Sammelbüchsen gesteckt, der Nachwuchs an Pfarrern und kirchlichen Mitarbeitern war unzureichend und die Gemeindepfarrer hatten immer mehr Kirchensprengel zu betreuen.

Am meisten schmerzte Forck die nachlassende und dahinschwindende Bindung zwischen der Kirche und der Gemeinde, die Verbundenheit mit den Gläubigen und der gesamten Bevölkerung, die einst stark war und nun verblasst.

Gewonnen hat bei diesem Streit nur der Staat, da er nun auch im Osten zusätzliche dreißig Prozent einnehmen kann. Und auch wenn die Einnahmen der Kirchensteuern in den ostdeutschen Ländern gering sind, der Staat wird sich sagen, dreißig Prozent von wenig ist besser als gar nichts.

DASS EINER LÄCHELN KANN UND LÄCHELN

Im Frühjahr 1993 rief mich eine Bekannte an, die in der Bundesbehörde für die Stasi-Unterlagen beschäftigt war. Sie fragte mich, ob ich nicht beantragen wolle, meine Unterlagen in ihrer Behörde einzusehen, es lägen Berge von Material vor.

Ich sagte ihr, ich hätte mit meiner Frau darüber gesprochen und wir hätten gemeinsam entschieden, den von den Spitzeln zusammengetragenen Kladderadatsch nicht anzusehen. Das Zeug hätte ja gottlob keinerlei Bedeutung mehr und könne uns künftig nicht schaden.

Sie erwiderte, das sei selbstverständlich meine Entscheidung, sie wolle mir aber doch sagen, dass bisher mehr als achtzig Journalisten Einsicht in meine Akte beantragt und erhalten hätten und dass weitere Anträge auf Einblick und Prüfung vorlägen.

Ja, sagte ich, dann sollten wir vielleicht doch einmal vorbeikommen, um zu erfahren, was diese Journalisten alles über mich wissen.

Wir stellten den entsprechenden Antrag und konnten bald darauf in der Behörde erscheinen. Die uns betreuende Dame wies uns einen Platz zu und erschien dann mit einem Rollwagen, auf dem unsere Akten lagen.

Etwa drei Stunden lang blätterten wir darin. Wir lasen Dinge, die uns im Nachhinein erschreckten, und mehr als einmal erschlossen sich uns plötzlich Zusammenhänge, die uns bislang unklar gewesen waren. Aber wir lasen auch viel lächerlichen Blödsinn, der offensichtlich dem beschränkten Verstand der Spitzel geschuldet war.

Nach drei Stunden brachen wir diese Lektüre ab. Wir sagten der Dame, die uns betreute, wir würden nicht wiederkommen, wir wollten nicht die zweite Hälfte unseres Lebens mit der Lektüre dieser irrwitzigen Berichte der Spitzellumpen über unsere erste Lebenshälfte vergeuden.

Ein paar Monate später wurde ich von der Wochenzeitschrift *DER SPIEGEL* um ein größeres Interview gebeten. Ich sagte zu. Drei Herren dieses Blattes kamen in meine Wohnung und interviewten mich mehrere Stunden lang. Einen der Männer kannte ich. Ich meinte sogar, ihn gut zu kennen, denn er war zu DDR-Zeiten der Korrespondent dieser Zeitschrift für Ostdeutschland gewesen, wir hatten uns mehrfach getroffen und unterhalten und schätzten einander.

Das jedenfalls glaubte ich damals.

Dieser Journalist eröffnete das Gespräch mit den Worten: »Herr Hein, wir haben leider nichts gegen Sie in der Hand.«

Dabei lächelte er.

Ich erwiderte: »Ja, und dabei wird es bleiben.«

Es war bei ihm ein Lächeln der Enttäuschung.

Er war offenbar enttäuscht, weil er in den Akten der Stasi keine Unredlichkeit und keinen Verrat meinerseits entdeckt hatte, kein einziges Schurkenstück, denn dann hätte der *SPIEGEL* mich zur Titelgeschichte gemacht und er selbst wäre ein Held des investigativen Journalismus geworden.

Aber ich war auch enttäuscht. Von ihm.

Ein paar Tage später erschien das mehrseitige Interview in der Zeitschrift. Die beiden einleitenden Sätze des Gesprächs fehlten.

Ich habe diesen Journalisten nie wiedergesehen. Man hatte sich einst verstanden und geschätzt, was ihn aber offenbar nicht davon abhielt, mich für einen Schurken zu halten, denn das war wohl Anlass für ihn gewesen, in jener Behörde meine Akte einzusehen.

Für mich hatte er sich damit selbst als Schurke entlarvt, denn er hätte sich nicht für einen oder mehrere Tage in jenes Archiv gesetzt, wenn er nicht die niederträchtige Hoffnung gehabt hätte, dort Ehrenrühriges über mich und gegen mich zu finden.

Oder um es mit Worten des Kollegen Shakespeare zu sagen: »Dass einer lächeln kann und immer lächeln und doch ein Schurke sein.«

MITLEID UND SCHRECKEN

1992, zwei Jahre nach dem Beitritt des ostdeutschen Staates zur Bundesrepublik, kam es zu den massivsten rassistischen Ausschreitungen in Deutschland seit dem Ende des Zweiten Weltkriegs. Im Rostocker Stadtteil Lichtenhagen gab es brutale Angriffe auf die Wohnheime von Ausländern, Neonazis aus Niedersachsen und Schleswig-Holstein reisten an, die Polizei war hilflos und wurde tagelang nicht Herr der Lage, da sie scheinbar nicht gegen eine bestimmte Gruppe, sondern gegen ein ganzes Viertel zu kämpfen hatte.

Auch in Berlin tauchten junge Neonazis auf und verbreiteten Angst und Schrecken in jenen Stadtteilen, in denen sie sich zusammenrotteten.

Martin-Michael Passauer, ein Berliner Superintendent und Schulfreund von mir, meinte, nur mit Polizeigewalt sei das Problem nicht zu lösen, man müsse mit den jungen Nazis reden. Er sagte, er habe einer dieser radikalen und furchteinflößenden Gruppen ein Gesprächsangebot gemacht, und bat mich, ihn dabei zu begleiten.

Mir war bei dem Gedanken, mit jungen und offenbar gewaltbereiten Jungnazis zu sprechen, etwas mulmig, aber ich sagte zu.

Es waren etwa zwanzig junge Männer, mit denen wir uns in der folgenden Woche in einem Gemeindesaal trafen, die meisten zwischen zwanzig und dreißig, einige schienen noch minderjährig zu sein. Sie stammten aus Ostberlin oder kamen aus Kleinstädten nordöstlich der Hauptstadt. Die meisten von ihnen hatten rasierte Schädel und alle waren tätowiert. Eine

Arbeitsstelle hatten nur zwei oder drei von ihnen, die anderen waren seit längerer Zeit arbeitslos.

Auch wenn sie sich selbst als Nazis bezeichneten, vom Nationalsozialismus und dem deutschen Faschismus wussten sie wenig oder vielmehr nichts. Allein die beiden Namen Hitler und Heß kannten sie, damit erschöpfte sich ihr Wissen um das ›Dritte Reich‹.

Nach einer Stunde hatten sie etwas Vertrauen zu uns gefasst und offenbarten, dass man früher über sie gelacht habe. In der Presse hätte man sie als dumme und versoffene Idioten hingestellt, aber seit sie als Nazis auftraten, hätte sich das Verhalten der »Pressefritzen« verändert. Jetzt lache keiner mehr über sie, und überall in der Welt, sogar in amerikanischen und englischen Zeitungen, werde mit Fotos über sie berichtet.

»Jetzt fürchten sie uns«, sagte einer der jungen Männer, »und das ist besser als ihr Mitleid und ihre Verachtung. Sie haben vor uns Schiss, und das ist gut. Das soll so bleiben.«

Wir sprachen lange mit ihnen und sie hörten zu, aber ich fürchte, sie werden weiterhin lieber Furcht und Schrecken verbreiten, als sich belächeln lassen zu müssen.

MEIN LEBEN,
LEICHT ÜBERARBEITET

Fast wäre ich weltberühmt geworden, aber eine selbstverschuldete Pedanterie verhinderte es. Wenn man, wie die Wiener sagen, *etepetete* ist oder *etjerpotetjer*, wie dasselbe einst im Niederdeutschen hieß, also eher pingelig denn bedenkenlos, verscherzt man sich häufig die schönsten Chancen seines Lebens.

An einem Vormittag eines Sommertages im Jahre 2002 rief mich Ulrich Mühe an, ein befreundeter Schauspieler, mit dem ich gelegentlich beruflich zu tun hatte. Er fragte, ob er mich mit einem Filmregisseur aufsuchen könne, der ein paar Fragen hätte. Ich sagte zu, und bereits drei Stunden später erschien Freund Mühe mit einem sehr jungen und sehr großen Mann, den Ulrich mir als Filmregisseur vorstellte. Wir gingen in ein Gartenlokal in der Nähe meiner Wohnung, bestellten uns Essen und Getränke, der Regisseur holte einen Stift und einen Block aus seiner Tasche und fragte, ob er nun fragen könne.

Ich nickte, waren wir doch deswegen zusammengekommen, und er bat mich, ihm das typische Leben eines typischen Dramatikers der DDR zu beschreiben, denn er beabsichtige, einen Film über einen typischen DDR-Dramatiker zu drehen.

Ich lachte auf und sagte, es gäbe da kein typisches oder normatives Leben und schon gar nicht einen solchen Dramatiker. Mit Klischees komme er nicht weiter, er solle sich lieber auf einen einzigen Autor beschränken und den möglichst genau und mit allen Facetten schildern.

Nun bat er, dann möge ich doch ein wenig von meinem Leben erzählen, und das tat ich. Vier Stunden saßen wir im sonnigen Gartenlokal und ich redete, Ulrich hörte zu, der Regisseur schrieb sich einiges auf und sagte schließlich, er sei mir unsäglich dankbar. Nun wisse er doch über das Leben in Ostdeutschland Bescheid, wisse, wie es in dieser Diktatur zugegangen sei, ich hätte ihm entscheidend geholfen.

Vier Jahre später erhielt ich eine Einladung zu der Premiere eines Films, in dem mein Freund Ulrich Mühe die Hauptrolle spielte.

Ich war überrascht, als mein Name im Abspann auftauchte und mir für meine Mitarbeit gedankt wurde.

Am Tag nach der Premiere schrieb ich dem Regisseur einen Brief und verlangte, dass mein Name im Abspann nicht genannt werden dürfe, denn mein Leben war anders als in *Das Leben der Anderen* dargestellt.

Der Regisseur war überrascht und verwundert, erklärte mir, dass er lediglich in aller Öffentlichkeit seine Dankbarkeit hatte bekunden wollen. Meine Einwände gegen seinen Film akzeptierte er nicht, ein Melodram habe nicht allein der Wahrheit zu folgen, sondern vor allem den Gesetzen des Kinos.

Alles, was ich ihm ein paar Jahre zuvor erzählt hatte, war von ihm bunt durcheinandergemischt und dramatisch oder vielmehr sehr effektvoll melodramatisch neu zusammengesetzt worden. Im Kino sitzend hatte ich erstaunt auf mein Leben geschaut. So war es zwar nicht gewesen, aber so war es viel effektvoller.

Der Held des Films sitzt im Jahr 1989 an einem Artikel über Selbstmorde in der DDR, den er für eine westdeutsche Zeitung schreibt, was ich sofort als Anspielung auf meine

Anti-Zensur-Rede von 1987 erkannte. Dass der Held über einen anderen Konflikt des Staates sprach, störte mich nicht. Die Änderung war zwar unnötig und für mich nicht nachvollziehbar, aber beides, Zensur wie Selbstmord, waren in der DDR so heikle Themen, dass darüber öffentlich eigentlich nicht gesprochen werden konnte. Jedoch dass der Filmheld seine Arbeit konspirativ anfertigen muss, sie auf einer dramatisch versteckten Schreibmaschine schreibt, das Manuskript in Agentenmanier in den Westen schmuggelt, dass er, der einer der berühmtesten Autoren des Landes sein soll, samt seiner Freundin, ebenfalls sehr berühmt, von der Staatssicherheit abgehört und lebensbedrohend bedrängt wird, all das ist bunt durcheinandergemischter Unsinn.

Gewiss, die Staatsicherheit hatte, wie ich dem Regisseur an jenem Sommertag Jahre zuvor berichtet hatte, für ein Dreivierteljahr meine Wohnung insgeheim verwanzt, weil ich einer Flugblattaktion wegen in ihr Visier geraten war. Aber damals war ich ein Student und es waren die Sechzigerjahre. In den Achtzigern sah es inzwischen anders aus. Der Staat bekam allein mit Repressionen seine Untertanen nicht mehr in den Griff, die Ausreiseanträge mehrten sich, viele geschätzte Künstler verabschiedeten sich für immer, die Grenze wurde durchlässiger.

Nein, *Das Leben der Anderen* beschreibt nicht die Achtzigerjahre in der DDR, der Film ist ein Gruselmärchen, das in einem sagenhaften Land spielt, vergleichbar mit Tolkiens *Mittelerde. Der Herr der Ringe* wollte mit einem Märchen die reale Welt beschreiben, es sollte wohl eine Allegorie sein, in der *Sauron der Abscheuliche* für Stalin stehen soll und *Saruman, der Mann der schlauen Pläne,* Hitler darstellen sollte, während die *Freien Völker* die Alliierten verkörperten.

Mein Leben verlief völlig anders. Aber diese Wahrheit ist für ein Melodrama ungeeignet. Um Wirkung zu erzielen, braucht es ein Schwarz-Weiß, werden edle Helden und teuflische Schurken benötigt.

Der Regisseur war über den Wunsch, meinen Namen im Abspann zu streichen, offenbar sehr verärgert und sagte nie wieder, er sei mir unsäglich dankbar. Stattdessen erzählt er seitdem, er habe sich bei seinem Film von der Biografie und den Kämpfen Wolf Biermanns inspirieren lassen. Das ist natürlich völlig unsinnig, denn Biermann hatte man zwölf Jahre zuvor die Staatsbürgerschaft entzogen, so dass er in den entscheidenden Jahren des Zusammenbruchs des Staates und in dem Zeitraum, in dem der Film spielt, nicht im Land sein konnte. Aber ich scheue mich, seinen Hinweis eine Lüge zu nennen. Weiß ich doch, dass es neben der Wahrheit noch die *melodramatische Wahrheit* gibt und neuerdings die *alternativen Fakten.*

Hegel sagte, dass alle großen weltgeschichtlichen Tatsachen und Personen sich zweimal ereignen. Marx fügte hinzu: das eine Mal als Tragödie, das andere Mal als Farce. Nachzutragen habe ich, dass auch ein dummer Jungenstreich sich wiederholt, und zwar als Hanswurstiade.

Denn zehn Jahre nach jener Filmpremiere erzählte mir ein Professor der Germanistik, er habe – aus welchen Gründen auch immer – meine Anti-Zensur-Rede von 1987 mit seinen Studenten besprochen. Die Studenten hätten ihn gefragt, wie viele Jahre Gefängnis der Autor dieses Textes wegen bekommen habe. Der Professor erwiderte, der Autor sei nicht ins Gefängnis gekommen. Darauf meinten die Studenten, dann sei dieses Pamphlet erst nach 1989, also nach der Wende, geschrieben worden. Nein, erwiderte der Professor, er selbst habe bereits 1987 diese Rede gelesen. Das sei unmöglich, beharrten die Studenten, so könne es nicht gewesen sein, sie wüssten das ganz genau, weil sie ja den Film *Das Leben der Anderen* gesehen hätten. Man sei, sagte der Professor zu mir, nach diesem Seminar in Unfrieden voneinander geschieden.

Der Film wurde ein Welterfolg. Es ist aussichtslos für mich, meine Lebensgeschichte dagegensetzen zu wollen. Ich werde meine Erinnerungen dem Kino anpassen müssen. Denn wenn auch die Tragödie zur Farce wird und schließlich zur Hanswurstiade, so endet doch alles als Melodram.

DER NEGER

Man könne auch schuldlos in den größten Dalles kommen, sagt der Volksmund, und er rät, sich einen langen Löffel zuzulegen, wenn man mit dem Teufel frühstücken will.

Ein langer Löffel am Tisch des Satans ist gewiss angebracht, nur kann es sich herausstellen, dass auch ein ellenlanger Löffel bei einer höllischen Mahlzeit zu kurz ist und man sich Mund und Herz verbrennt. Und völlig schuldlos ist wohl keiner von uns, und man sollte daher zuerst nach dem eigenen Fehler suchen, der die späteren Misslichkeiten zur Folge hatte.

Ich saß im größten Dalles und wusste, dass ich einen schwerwiegenden Fehler gemacht hatte, und zwar zu Beginn der harzigen Geschichte. Ich war zuvor gewarnt worden und hatte mich dennoch an den Tisch mit dem Teufelsbraten gesetzt.

Einige Jahre vor dieser Geschichte nämlich hatte mir ein Staatsminister sein Leid geklagt, dessen Berufung in dieses Staatsamt auf heftigen Widerstand des Apparats – so nennen sich die Beamten und Mitarbeiter staatlicher Einrichtungen selber – gestoßen war und mit dem ich als PEN-Präsident gelegentlich zu tun hatte. Er könne, sagte er zu mir, die schönsten und erfolgversprechendsten Vorschläge machen, da die Mitarbeiter seiner Behörde ihn entschieden ablehnten, müsse er nur fünf Minuten warten. Dann erscheine einer seiner Ministerialdirektoren, um ihm zu sagen, dass seine Anordnung nach Paragraph X Absatz Y nicht zulässig sei. Er selbst sei nur ein für kurze Zeit beauftragter Minister, seine Untergebenen dagegen seien unkündbare Beamte, deren Haltung ihm gegenüber von der Einstellung geprägt sei: Die Führer kommen und gehen, wir bleiben.

Ein halbes Jahr später hatte er die Faxen dicke, schmiss das Amt hin und übernahm einen seriöseren Verein.

Im Frühjahr 2004 bat der Kultursenator mich um ein vertrauliches Gespräch, ihm war sehr daran gelegen, dass wir uns an einem neutralen, unauffälligen Ort verabredeten. Im Séparée einer Gaststätte trafen wir uns schließlich, und zu meiner großen Überraschung bot er mir die Intendanz des Deutschen Theaters in Berlin an. Er gab mir sechs Monate Bedenkzeit, bat mich aber, vorerst über dieses Angebot Stillschweigen zu wahren. Er habe als Senator wenige Befugnisse, aber die Ernennung der Intendanten obliege ihm, jedoch wisse er, dass die ihm unterstellte Senatsverwaltung mit der Wahl wie mit vielen seiner anderen Entscheidungen nicht einverstanden sei und sie zu vereiteln suchen würde, wenn sie vorzeitig davon Wind bekäme.

Und hier machte ich den entscheidenden Fehler. Trotz des geradezu konspirativen Treffens mit dem Senator und trotz der Klage des Staatsministers drei Jahre zuvor, schlug ich das Angebot nicht stante pede aus, sondern versprach ihm, darüber nachzudenken.

In den folgenden Wochen und Monaten bemühte ich mich, eine Mannschaft für das Deutsche Theater zusammenzustellen, denn nur wenn ich vortreffliche Leute dafür gewinnen könnte, würde ich zusagen.

Es ließ sich gut an. Ein hervorragender Geschäftsführer eines anderen Berliner Theaters war bereit, mit mir zu arbeiten, wodurch ich mir freilich den wohl lebenslangen Hass eines Intendanten zuzog und ich daher bei einem lange zuvor verabredeten Auftritt in seinem Haus um die Zusicherung von freiem Geleit bitten musste, also um die Garantie, nicht angegriffen zu werden und gesund und heil sein Theater wieder verlassen zu dürfen. Diese durchaus angebrachte Forderung angesichts seiner Verwünschungen brachte ihn jedoch noch mehr gegen mich auf.

Wichtige und vorzügliche Regisseure interessierten sich und waren bereit, mit mir das Theater zu übernehmen. Und drei der Großen der Theaterwelt, von denen einer noch nie in Berlin inszeniert hatte, konnte ich dafür gewinnen, mir gleich in meiner ersten Spielzeit mit einer Inszenierung eine gewichtige Starthilfe zu geben. Bei einem dieser drei Großen hätte das Theater zudem keine finanziellen Belastungen gehabt, denn ein Sponsor war bereit, sämtliche Kosten seiner Inszenierung in Berlin zu übernehmen.

Ich hatte überaus diskret eine gute, eine sehr gute Mannschaft zusammenbekommen und teilte dem Senator mit, dass ich bereit sei, die Aufgabe zu übernehmen. Er verkündete seine Entscheidung der Öffentlichkeit, und ich nahm die Verhandlungen mit den zuständigen Referenten der Kulturverwaltung auf, also mit jenen Leuten, die mit der Entscheidung ihres Senators nicht einverstanden waren und deretwegen ich alle Absprachen mit den Theaterleuten bislang im Geheimen zu führen hatte.

Erwartungsgemäß wurden diese Sitzungen schwierig, es waren Treffen, die eher an einen rücksichtslosen Kriegsrat erinnerten als an vorbereitende Gespräche für eine Intendanz.

Gleich zu Beginn teilte man mir mit, dass das Intendantengehalt für mich um dreißig Prozent gekürzt werde, da ich unerfahren sei. Ich erwiderte, entweder sei ich der richtige Intendant und bekomme das volle Gehalt, oder ich sei ungeeignet und dürfe dann diese Position nicht einnehmen. Die

Beamten der Senatsverwaltung lächelten maliziös und schüttelten so kühl wie entschlossen den Kopf.

Man wich keinen Zentimeter zurück. Beim nächsten Aufeinandertreffen verlangte ich, dass jenes Geld, das man mir persönlich wegnehme, dem Theateretat zugeschlagen werde. Auch dies lehnte man sofort ab. Man sei hier nicht auf einem türkischen Basar, wurde mir kühl erklärt.

Ich liebte das Deutsche Theater, hatte vor Jahren an diesem Haus mit Benno Besson gearbeitet, hatte in verschiedenen Stücken in winzigen Rollen auf der Bühne gestanden, es hatte dort einst Inszenierungen meiner Stücke gegeben, eine legendäre von Alexander Lang, dieses Theater war mir vertraut, ich wollte diese Intendanz, selbst zum halben Gehalt.

Man war verblüfft, dass ich der persönlichen Kürzungen wegen nicht aufgab. Die Folge war, dass bei einer der nächsten Sitzungen die Zuwendungen des Senats für das Deutsche Theater gekürzt wurden, und da ich weiterhin an der Übernahme festhielt, gab es bald darauf eine weitere massive Kürzung.

Anfangs erinnerten die Debatten an einen Kuhhandel, aber bald hatten sie das seriöse Niveau eines solchen undurchsichtigen Handels, geprägt von Neben- und Zusatzvereinbarungen, weit unterschritten.

Alles verlief wie in Clausewitz' *Über das Kriegshandwerk*. Der Verteidiger sollte nach seiner Ansicht so lange in der Defensive verbleiben, bis die Kräfte des Angreifers erlahmten und der Verteidiger somit ein Übergewicht erlangt hätte. An diesem Kulminationspunkt des Sieges kann der Verteidiger in die Offensive übergehen, um den Krieg siegreich zu beenden.

Ich protestierte gegen die Kürzungen, sagte, diese erfolgten nur, weil die Senatsverwaltung und der Regierende Bürgermeister unbedingt eine Intendanz von mir zu verhindern suchen.

Nein, wurde mir erwidert, das seien unumgängliche Haushaltskürzungen, die Finanzlage Berlins lasse da keinerlei Spielraum, gleichgültig, wer Intendant vom Deutschen Theater werde, jeder hätte sie bedauerlicherweise hinzunehmen.

In der Zwischenzeit hatte in der Presse ein Sturm der Entrüstung eingesetzt, eine regelrechte Kampagne gegen mich. Ich hatte dies bislang nicht wahrgenommen, da ich in der Zeit lediglich Rundfunknachrichten hörte, für die diese Petitesse nicht meldenswert war, und für das Lesen von Zeitungen keine Zeit opfern konnte.

Denn in diesen Monaten stand ich täglich um fünf Uhr auf, um spätestens um halb sechs am Schreibtisch zu sitzen. Das Schreiben wollte ich keinesfalls aufgeben, und so saß ich frühmorgens täglich für vier Stunden an meinem Manuskript, ab halb zehn widmete ich dann den Tag und den Abend den Vorbereitungen für meine Intendanz. Überdies hatte ich durch die deutschsprachigen Länder zu reisen, um mir Inszenierungen anzusehen und mit jenen Theaterleuten zu sprechen, die ich gewinnen wollte.

Ein eigentlich üblicher Vorbereitungshaushalt wurde mir nicht bewilligt, ich hatte alles aus eigener Tasche zu zahlen. Man kann dem Senat nicht vorwerfen, irgendetwas unterlassen zu haben, um meine Intendanz zu verhindern. Zwölf Jahre danach erhielt ein erwünschter Intendant einer anderen Berliner Bühne einen millionenschweren Vorbereitungs- und Eröffnungshaushalt, der den Etat seines Hauses nach seinem bereits sechs Monate später erfolgten Rücktritt für Jahre schwer belastete. Aber dieser Intendant war halt vom Regierenden Bürgermeister erwünscht.

Ein junger Mann, der sich bei mir gemeldet hatte, weil er hoffte, für die Pressearbeit des Theaters angestellt zu werden, brachte mir eines Tages ein dickes Bündel von Zeitungsausschnitten jener Artikel, in denen es um meine bevorstehende Intendanz ging. Ich durchblätterte es fassungslos.

Mein Freund Hildebrandt, der berufsbedingt jeden Tag mehrere Zeitungen las, sagte zu mir, er hätte den Eindruck, dass es etwas gegeben habe, was es in der Bundesrepublik eigentlich nicht geben könne: einen zentralen Feuerbefehl gegen mich.

(Mein Freund Hildebrandt ist leider tot. Er stand mir nah, sehr nah, wohl auch, weil wir zwar in verschiedenen Jahren, aber in derselben Ecke Schlesiens geboren worden waren. Er war der witzigste Mensch, den ich je kennenlernte, begnadet mit dem menschenfreundlichsten Humor. Und ich bewunderte auch, wie locker er mit seiner Publizität zurechtkam. Wenn er mich in meiner kleinen Stadt besuchte und ich mit ihm durch die Gegend fuhr, um ihm Sehenswürdigkeiten zu zeigen, stürzten, kaum dass wir aus dem Auto stiegen, Leute auf ihn zu, um ihm ihre Bewunderung zu bekunden. Er nahm das lächelnd hin, fühlte sich scheinbar nicht belästigt und sagte mir, auf der Herfahrt – er war mit der Bahn zu mir gekommen – wäre ein Mann mit ausgestrecktem Zeigefinger auf ihn zugekommen und hätte ihn gefragt: »Sagen Sie, waren Sie nicht früher einmal der Dieter Hildebrandt?« Und bald danach wäre ein anderer zu seinem Sitzplatz gekommen, hätte sich vor ihm aufgestellt und gesagt: »Ich frage mich schon die ganze Zeit, ob Sie nicht der Dieter Hildebrandt sind.« Daraufhin hätte er so freundlich wie neugierig erwidert: »Und? Was haben Sie sich geantwortet?« – Ich vermisse den Freund. Vermisse ihn sehr.)

Nachdem ich die erregten Pressetraktate durchgeblättert hatte, entschloss ich mich, zumindest einer der vielen Interviewanfragen seitens der Journalisten nachzukommen. Ich wählte eine Berliner Zeitung und ließ in diesem Interview den Satz fallen: »... aber die Empörung ist groß, wenn ein Neger Intendant werden soll.«

Frank Castorf ließ nach dem Erscheinen des Interviews an der Außenfront der Volksbühne hoch oben ein Tuch anbringen, auf dem in meterhohen Buchstaben zu lesen war: *Don't call me Neger.*

Danach hatte ich – wie mir der junge Mann berichtete – Ruhe für vier Wochen, ich hatte wohl den neuralgischen Punkt getroffen. Doch die Geschütze waren aufgefahren und zeitigten Wirkung.

Als ich mich mit einem der großen Drei, die mir eine Inszenierung in meinem ersten Intendanz-Jahr zugesagt hatten, zum vierten oder fünften Mal traf, diesmal um über die Besetzung zu sprechen, sagte er mir, er sei bereits am Vortag in Berlin eingetroffen, habe am Abend eine Freundin besucht und dabei einen der Senats-Konfidenten getroffen. Als er ihm erzählte, er sei mit Hein im Gespräch und würde in einem Jahr am Deutschen Theater inszenieren, hätte jener erwidert, er solle nicht voreilig irgendetwas unterschreiben, denn es sei überhaupt nicht ausgemacht, dass dieser Hein Intendant werde. Der Regisseur fragte mich, was das bedeute und was sich verändert habe. Ich war irritiert und ratlos und versicherte ihm, nichts habe sich geändert, ich sei nach wie vor entschlossen, das Theater zu leiten.

Eine Stunde später fragte ich bei diesem Mann an, wieso er einen solchen Unsinn verbreite. Er schwor mir, dass er mit jenem Regisseur am Vortage wohl gesprochen habe, aber dabei kein Wort über mich und die Intendanz verloren hätte. Dieser Regisseur verwechsle da etwas oder sei wirr.

Ich hatte keine Lust und keine Zeit, der Diffamierung nachzugehen, aber ich wusste, dass ich nun ein weiteres und sehr bedrohliches Problem hatte. Jene drei berühmten Regisseure, die nur mir zuliebe bereit gewesen wären, im ersten Jahr an meinem künftigen Haus ein Stück zu inszenieren, wurden mit Angeboten überhäuft und hatten Verträge für die nächsten fünf oder zehn Jahre. Es war ein großes Entgegenkommen ihrerseits, relativ kurzfristig mir zuliebe noch eine weitere Arbeit zuzusagen. Doch wenn Tatarenmeldungen verbreitet werden, würde das diese Männer verunsichern und sie könnten ihre Zusage zurückziehen, denn mit solchen Nachrichten – die neuerdings auch im Deutschen *Fake news* heißen – kann man Präsidenten und Könige inthronisieren oder stürzen, kann man Schlachten steuern und Kriege gewinnen.

Dann sagte der von mir ausgewählte Oberspielleiter ab und erklärte, er werde an einer anderen Berliner Bühne inszenieren. Ich fragte nach dem Grund, und er erwiderte, der neue Intendant des Deutschen Theaters solle geprügelt werden, dazu habe sich die Meute bereits mehr als deutlich und in aller Öffentlichkeit erkennbar verabredet. Einen Intendanten aber könne man nur abstrafen, indem man die Inszenierungen an seinem Haus verteufle, folglich würde man künftig den Esel meinen, aber auf den Sack, also auf ihn, einschlagen. Seine masochistischen Neigungen seien weniger ausgeprägt als meine, er ziehe seine Zusage zurück.

Ich verstand ihn, ich wusste, dass er Recht hatte, und dankte ihm für seine Offenheit.

Mit einem Industriellen und Mäzen der Berliner Theater ging ich an einem Wochenende den mir künftig zur Verfügung stehenden, gekürzten Etat des Theaters durch. Zusammen prüften wir die Zahlen und Zusagen und die möglicherweise einzuwerbenden Mittel. Am Ende der Überprüfung stand er auf und sagte: »Hein, ich verbiete Ihnen, unter diesen Bedingungen die Intendanz zu übernehmen.«

Der Senat von Berlin, meinte er, sei keine Regierungsmannschaft, sondern wohl eher ein Karnevalsverein. Ich widersprach heftig und sagte, ein solcher Vergleich sei ehrenrührig und kränkend. Der Senat verteile die Gelder nach Gutsherrenart, versenke Millionen und Milliarden und übernehme die politische Verantwortung für das Desaster nur dann, wenn er als der Verantwortliche nicht einen einzigen Cent aus der eigenen Tasche beisteuern müsste. Die Karnevalsvereine dagegen arbeiteten das ganze Jahr an ihren Veranstaltungen und würden für jeden Cent persönlich aufkommen. Er stimmte mir umgehend zu und wir einigten uns darauf, den Senat als einen Spaßverein einzustufen.

Jedoch noch wollte ich nicht aufgeben. Ich lud alle Regisseure, die fest oder doch regelmäßig bei mir arbeiten wollten, in meine Wohnung, tischte ein großes Essen auf und informierte sie anschließend über den Stand der Verhandlungen, die finanzielle Lage und über unsere Aussichten.

Nach meiner Eröffnung herrschte betroffenes Schweigen, dann verlangte einer und kurz danach alle anderen einen Schnaps.

Ich fragte nach ihrer Einschätzung und ihrer Entscheidung.

Diejenigen Regisseure, die an vielen oder allen Schauspielhäusern gefragt waren, erklärten, sie blieben bei ihrer Zusage und würden mitmachen, vorausgesetzt, das nötige Geld wäre für sie vorhanden. Das war – angesichts des heftig gekürzten Etats – eine unmissverständliche Absage.

Diejenigen, die unbedingt am Deutschen Theater arbeiten wollten oder weniger begehrt waren, meinten, man solle mehr literarisch-musikalische Programme auf die Bühne bringen, die weniger kosteten als eine Inszenierung. Und einer von ihnen schlug sogar vor, man sollte daran denken, Dekorationsteile oder auch ein ganzes Bühnenbild für eine weitere Inszenierung zu nutzen.

Und damit war es für mich entschieden.

Ich hatte während meiner Studienzeit ein Jahr lang ein Studententheater geleitet. Diese Studentenbühne hatte sogar mehrere Sektionen, neben der Theatertruppe gab es ein Orchester, einen Chor, eine Tanzgruppe und ein Kabarett. Ich war damals gewissermaßen der Leiter eines Mehrsparten-Theaters. Doch ich wollte nicht nochmals Intendant eines Studententheaters werden. Aber um meine Intendanz zu verhindern, war die Senatsverwaltung offenbar entschlossen, das Deutsche Theater auf ein solches Niveau zu bringen.

Ich jedoch wollte mich um das von mir geschätzte Deutsche Theater verdient machen, und die einzige Möglichkeit dafür war nun, auf die Intendanz zu verzichten.

Ich teilte dem Senator meine Entscheidung mit. Er beschwor mich, den Auftrag nicht zurückzugeben, die Gelder würden gewiss bald wieder vorhanden sein. Aber da er nicht bereit oder in der Lage war, die Ankündigung der Kürzungen zu verhindern oder mir den bislang üblichen Etat zu garantieren, und nicht einmal einen Vorbereitungshaushalt für mich durchsetzen konnte, glaubte ich ihm kein Wort und blieb bei der Absage. Mir war überdies klar, dass die Presse die skandalöse und bewusst herbeigeführte Unterfinanzierung nicht anprangern würde, sondern den allmählichen Ruin des Deutschen Theaters höhnisch kommentieren würde.

Ende des Jahres wurde eine Pressekonferenz einberufen. Der Senator bat am Vorabend, meine Presseerklärung lesen zu können. Ich hatte keinen Grund, ihm das zu verweigern, und gab sie ihm. Er teilte mir daraufhin mit, er könne mich nicht daran hindern, diesen Text vorzutragen, ich sollte aber wissen, dass daraufhin drei Klagen gegen mich eingereicht würden, einer der drei Kläger werde er selbst sein.

Ich überlegte den ganzen Abend, was ich am nächsten Tag sagen würde. Die Wahrheit in der Tasche zu lassen, missfiel mir ebenso wie die Aussicht, in juristische Auseinandersetzungen verwickelt zu werden. Schließlich half mir mein großer Lehrer Lessing, den ich seit meinem siebzehnten Lebensjahr verehrte, aber dem ich auch seit dieser Zeit verübelte, dass er sich in einen Streit mit einem Hauptpastor namens Goeze eingelassen hatte, der ihm Jahre seines Lebens kostete und den er in der damaligen Zeit und Gesellschaft nur verlieren konnte. Mittels eines Kabinettsbefehls des Herzogs wurde ihm sogar die Zensurfreiheit entzogen. Um wie viele Theaterstücke von Gotthold Ephraim Lessing wurden wir gebracht, nur weil er diesem Streit nicht aus dem Wege gegangen war?

Die angedrohten juristischen Schritte würden mich Zeit und Geld kosten, für die Beamten des Senats dagegen nähmen sie lediglich einen Teil ihrer Dienststunden in Anspruch, und für alle Ausgaben hätte der Steuerzahler aufzukommen, so dass sie bedenken- und für sie kostenlos bis zur allerletzten Instanz gehen würden. Ich gab daher am nächsten Vormittag nur knapp bekannt, dass ich das mir angetragene Amt nicht antreten werde.

Neben mir saßen Vertreter der Senatsverwaltung, die zufrieden dreinschauten, vor mir die Presseleute, die höhnisch grinsten. Ich lächelte freundlich, stand auf, ging heim, trank einen Kaffee und setzte mich an meinen Schreibtisch, wo ein halbfertiges Romanmanuskript auf mich wartete.

Der Senator, der nach eigenem Bekunden wenige Befugnisse habe, aber die Intendanten ernennen darf, berief nun eine Findungskommission mit ehrenwerten Theaterleuten für diese Aufgabe. Sie fanden einen geeigneten Kandidaten, der Senator übernahm ihren Vorschlag und verkündete ihn der Presse. Ich war mehr als erstaunt, denn die Kommission hatte einen ostdeutschen Dramaturgen vorgeschlagen. Ganz offensichtlich war mein »Neger-Vorwurf« damals falsch und unangebracht.

Der Dramaturg wurde zu Verhandlungen und zur Vertragsunterzeichnung nach Berlin eingeladen. Er rief mich an, denn er wollte zuvor von mir etwas über die Hintergründe meiner Zu- und Absage und die Fallen und Hintertürchen in einer Senatsverwaltung hören. Wir verabredeten uns, er wollte vier Stunden vor dem Senatstermin bei mir vorbeikommen.

Am Morgen jenes Tages klingelte gegen neun Uhr das Telefon, der Dramaturg meldete sich und sagte, seine Bahn komme gleich in Hannover an, er steige dort aus und nehme den Zug in die Gegenrichtung. Der Senat habe das Angebot an ihn plötzlich und völlig überraschend zurückgezogen, er würde mir die Hintergründe später einmal erklären. Der Mohr hatte seine Schuldigkeit getan, der Mohr konnte gehen.

Schließlich wurde ein anderer Mann zum Intendanten gekürt, ein vortrefflicher und erfahrener Bühnenleiter, ein Gewinn für das Deutsche Theater.

Ungewöhnlich war lediglich der Umstand, dass er zuvor Mitglied jener Findungskommission gewesen war. Derlei hatte ich bisher nur ein einziges Mal erlebt, einige Jahre zuvor in Eritrea. Mein dortiger Gastgeber, Herr Merhawi Adem, war Mitglied einer Findungskommission für den neuen Sportchef der »Tour von Eritrea«, der wohl wichtigsten Sportdisziplin des Landes. Während meines Aufenthalts in Eritrea wurde der neue Chef ernannt, es war eins der Mitglieder der Findungskommission. Als Herr Adem es mir erzählte, lachte ich laut auf und meinte, wie das denn sein könne, dass eine Findungskommission eins der Mitglieder dieser Kommission als neuen Chef einsetze. Herr Adem war ungehalten, sagte mir, dass die Einrichtung von Findungskommissionen ein wichtiger Schritt in Richtung Demokratie sei. In seinem Land sei es nicht ungewöhnlich, dass einer aus der Kommissionsrunde schließlich beauftragt werde, ja, dass man, wenn man an dem zur Entscheidung anstehenden Posten interessiert sei, sich darum bemühe, in diese Findungskommissionen gewählt zu werden. Mit meiner mehr als unangebrachten Kritik möge ich mich zurückhalten, um nicht den Weg Eritreas in eine demokratische Gesellschaft zu gefährden. Ich hielt mich daraufhin in Eritrea zurück.

Bei der Pressekonferenz zur Vertragsunterzeichnung teilte die Senatsverwaltung den Journalisten mit, das Deutsche Theater werde weiterhin wie bisher unterstützt und habe keinerlei Kürzungen zu befürchten.

Als es vor zweitausend Jahren eine wundersame Vermehrung der Speisen gab und mit fünf Broten und zwei Fischen fünftausend Menschen ausreichend mit Nahrung versorgt werden konnten, war das ein Ereignis, das von drei Aposteln in ihren Evangelien erwähnt wurde. Die wundersame Geldvermehrung für das Deutsche Theater war, obwohl sie vom finanziellen Volumen her jene Brotvermehrung in Galiläa weit übertraf, für die Presse keine Zeile wert.

Ein paar Monate später traf ich bei einer Premiere den früheren Senator und fragte ihn, wie es dazu kommen konnte, dass der von der Findungskommission gewählte Kandidat nicht den Zuschlag bekam, sondern einer, der überhaupt nicht auf dieser Liste stand, vielmehr selbst Mitglied der Findungskommission gewesen war. Verlegen erwiderte er, diese Sache sei an ihm irgendwie völlig vorbeigegangen.

Bei einem Spaßverein ist eben alles lustig.

Eineinhalb Jahre später erschien mein nächster Roman, *Frau Paula Trousseau.* Als ich bald darauf zu einer Premiere ins Deutsche Theater ging und vor Beginn der Vorstellung noch für ein paar Minuten auf dem Vorplatz stand, stürzte eine Frau aus einer Gruppe, die soeben das Haus betreten wollte, auf mich zu. Es war jene Dame aus der Kulturverwaltung, die federführend die Verhandlungen zur Intendanzübernahme mit mir geführt oder vielmehr diese Übernahme tonangebend verhindert hatte. Nun ergriff sie meine Hand und sagte, sie hätte meinen neuen Roman gelesen, er sei großartig. In den letzten zehn Jahren hätte sie kein gewichtigeres Buch in den Händen gehabt.

Ebenso plötzlich, wie sie auf mich zugestürzt war, eilte sie davon und ihrer Gruppe hinterher. Ich schaute ihr verblüfft nach, dann verstand ich.

Sie hatte sich meine neue Veröffentlichung sofort besorgt und den Roman umgehend gelesen oder durchgeblättert in der Sorge, ich würde in dem Buch über jenes halbe Jahr berichten, in dem ich mit der Kulturverwaltung zu streiten und zu feilschen hatte. Sie muss sehr erleichtert gewesen sein, da ich in dem Buch mit keinem Wort auf jenes Gescharre einging, so dass sie den Roman ein Meisterwerk nannte.

Mir wurde übel. Einen Brechreiz unterdrückend, ging ich ins Theater und brachte meinen Mantel zur Garderobe. Die junge Frau hinter dem Tresen, die sich seit meiner Nominierung für die Intendanz weigerte, von mir die Garderobengebühr anzunehmen, lehnte eine Bezahlung noch immer ab. Ich dankte ihr, nahm die Marke entgegen, gab ihr ein Trinkgeld und ging zu meinem Platz im Zuschauerraum.

VERWACHSEN

Mitten im Kraichgau, der schönen Hügellandschaft zwischen dem Odenwald und dem Schwarzwald, liegt Bad Rappenau. Als Heilbad besitzt die Stadt bedeutsame Kliniken, unterschiedliche Sanatorien, Kurheime und Heilstätten. Auch der Schlosspark um das Wasserschloss und der Salinengarten mit dem daran anschließenden Kurpark lockt Besucher des ganzen Landes an.

In dieser schönen Stadt nahm eine liebenswerte und verehrte Freundin aus Flensburg in diesem Jahr an einer Ayurveda-Kur teil, da sie diese indische Heilmethode besonders schätzt.

Bei den Mahlzeiten saß sie zusammen mit zwei Frauen aus dem südwestlichsten Bundesland, einer Buchhändlerin und einer Dame, die einen Lesekreis leitete, der sich regelmäßig alle sechs Wochen zusammenfand, um über Bücher zu sprechen. Das gemeinsame Interesse führte dazu, dass die beiden Damen bei jeder Mahlzeit über Autoren und Bücher sprachen.

Die Freundin aus Flensburg beteiligte sich nicht an der Unterhaltung, hörte aber zwangsläufig ihrem Gespräch zu und fragte nach einigen Tagen die beiden Frauen, ob sie auch ostdeutsche Autoren lesen würden. Die Damen sahen sich überrascht und irritiert an, schüttelten dann beide kaum merklich den Kopf und eine von ihnen erwiderte: »Nein, so etwas interessiert uns nicht.«

Treffender lässt sich der gegenwärtige Zustand des deutsch-deutschen Verhältnisses – dreißig Jahre nach der Vereinigung – kaum auf den Punkt bringen. Und die kleine Bemerkung zeigt deutlich den bereits erreichten Fortschritt auf: Die beidseitige Abneigung und der gereizte Widerwille wichen einem gleichgültigen Desinteresse.

In weiteren dreißig Jahren kann dann endlich zusammenverwachsen, was zusammengehört.

INHALT

Nach Moskau, nach Moskau! 7
Eine Entzweiung 10
Es war alles ganz anders 16
Ein gründlicher Verriss 20
Ein Machwerk 22
Prognosen und Prophezeiungen 27
Zwanzig Uhr fünfzehn 31
Metamorphosen 33
Gegenlauschangriff 34
Horns Anfang 38
Ein sehr kranker Mann 43
Ein Brückenkopf 48
Susanna 50
Absicherung der Linie Schriftsteller 54
Narren, Idioten und Verbrecher 62
Programmtreu 66
Leere Schubladen 69
Le Peuple 73
Einen fetten machen 75
Eine Schrotgewehrheirat 77
Die allerletzte Schlacht des Krieges 82
Auf Niveau bringen 91
Der Diakon unter den Bischöfen 92

Dass einer lächeln kann und lächeln **97**
Mitleid und Schrecken **100**
Mein Leben, leicht überarbeitet **102**
Der Neger **107**
Verwachsen **122**